개썰매

글과 사진 · 강정실

문학공감 도서출판

개썰매

초판 1쇄 2021년 06월 30일

지은이 강정실
발행인 김재홍
마케팅 이연실

발행처 도서출판지식공감
브랜드 문학공감
등록번호 제2019-000164호
주소 서울특별시 영등포구 경인로82길 3-4 센터플러스 1117호 (문래동1가)
전화 02-3141-2700
팩스 02-322-3089
홈페이지 www.bookdaum.com
이메일 bookon@daum.net

가격 13,000원
ISBN 979-11-5622-610-9 03810

문학공감은 도서출판 지식공감의 인문교양 단행본 브랜드입니다.

개썰매

강정실 포토포에지

문학공감

강종관
(한국사진작가협회 자문위원, 24 · 26대 이사 역임)

깜빡이도 켜지 않고 끼어드는 차, 골목에서 예고 없이 뛰쳐나오는 차, 남의 차를 뒤따라 달리다 보면 앞차가 갑자기 속력을 줄여 난데없이 급제동하는 일, 심지어 천진난만하게 뛰어드는 꼬마 탓에 급제동하면 입에서는 자신도 모르게 굵은 탄식이 튀어나옵니다. 그렇지만 몇 잔 안 마신 술잔인데 대리기사 대신 직접 운전하고 싶은 욕망, 약속 시각이 급한데 정지 신호등에서 노란불이 들어오면 빨간불이 들어오기 전 빨리 달리고 싶은 욕망, 이 모든 것이 삶의 단면인가 싶습니다.

우리는 포토그래프라는 배를 타고, 카메라란 이름을 가진 노를 저어가고 있습니다. 사진작가는 사진 예술이라는 고행의 섬을 향해 밤새워 출사 나가기 위해 선원이 되어 기나긴 항해를 하고 있습니다.

최근의 디지털 환경은 사진 이미지를 다루는 분들에게 르네상스와도 같은 획기적인 변화를 가져다주었습니다. 이런 갑작스러운 변화에 많은 사람이 주저하고 받아들이기를 꺼리기도 하지만, 세상은 어쩔 수 없이 필름 세상에서 디지털 세상으로 바뀌고 말았습니다. 가히 디지털 혁명이라고나 할까요.

사진을 촬영한다는 것은 단순히 인물이나 사물만을 찍는 것뿐만 아니라 세상을 보고 소통하며, 그 속에 있는 자아를 표현하는 방법을 찾아내는 것입니다. 이것이 진정한 사진 예술인 것입니다.

그렇기에 사진을 찍는다는 것은 그동안 우리가 무심코 지나친 대상들에 대한 새로운 애정과 의미를 부여하여 자신만의 방법으로 표현하는 것입니다. 이리하여 저는 사진을 일컬어 '마음을 담아 넣는 항아리'라고 말하고 싶습니다. 여기에다 시를 입힌다면 생명수가 담겨 있는 빛나는 항아리가 될 것입니다.

초대 ㈜한국사진작가협회 산타모니카 지부장이었고, 문학평론가요 시인이며 수필가인 강정실 한국문인협회 회장의 사진시집 『개썰매』는 사진과 시가 한데 뭉쳐 깊은 울림을 주는 작품집이 될 것이라 믿어 의심치 않습니다.

앞으로도 참신한 사진작가로서 예술혼을 발현하여 독자들에게 감동과 여운을 오래 남길 수 있는 훌륭한 작품을 계속 창작해 주시기를 앙망합니다.

2021년 봄
부산 해운대에서

한길수
(시인, 평론가)

강정실 작가의 예술은 실존과 체험에 바탕을 두고 있습니다. 문학의 여러 장르를 섭렵하면서 문필가로 대성한 인물로, 오래전부터 유럽과 아시아, 북미 등 세계 여행을 통해 발길 닿는 곳마다 자연 그대로의 원형을 예술로 담아내려고 심혈을 기울이는 작가입니다. 여행지에서 바라본 고대 건축 양식만이 아닌 놓치기 쉬운, 그러나 작품으로 오래 남길 수 있는 모습을 위해 현존하는 세계를 고스란히 카메라 렌즈와 글로 남기는 작가입니다. 길고 긴 여정은 쉽게 몇 마디로 단정지을 수 없을 만큼 강렬하기 때문에 그의 작업을 평가하기에는 어려움이 많을 수밖에 없습니다.

피사체의 초점과 선명함으로 빛의 대비적 반사 등 진정한 프로의 기술이 잘 드러난 뛰어난 사진 작품은 사진첩을 연상하지만, 매번 전지적 작가 시점의 감성을 시로 소통하여 사진과 시를 별도의 다른 방향의 장르가 아닌 예술이라는 영역으로 집대성하여 책으로 세상에 선보입니다. 수시로 변하는 감정의 기복들을 서정적 시의 운율과 감성으로 혼신의 힘으로 담아내고 있기에 이번 작품집은 그의 삶의 주체이고 원동력이 될 것입니다. 사실을 바탕으로 한 수필로 시작해 평론과 은유의 운율을 담은 사진 칼럼 및 서사시로 발전해 오고 있습니다.

사진과 시를 연결하여 20세기 문학의 새로운 패러다임이된 '디카시(生詩)'로 순간의 느낌을 사진과 함께 잘 표현하였습니다. 사진과 시는 짧은 행과 운율을 뛰어넘어 완벽한 시의 장르에 다다르고 작품으로 승화됩니다. 사진 예술과 현대시가 별도의 작품집을 발간해도 전혀 손색이 없는데도 서로 융합하는 실험적 예술의 장을 펼치고 있습니다. 시에 작가의 정신을 담은 사진 예술과 서정적 현대시의 옷을 입혀 시간과 공간적 상상이 무한대로 펼쳐져 작가의 세계관을 드러내며 대중과의 교감을 돕고 있습니다.

특히 이번 작품집 『개썰매』는 사신을 바탕으로 한 시의 운율과 구성이 사진의 내연과 잘 연결되어 있습니다. 『등대지기』 외 다수의 작품집에 이어 기행 사진 수필 『렌즈를 통해 본 디지털 노마드』, 『바람과 빈집』에도 나타나 있지만, 사진 시집 『개썰매』로 예술 작품의 대중적 이해도를 높이고 시각적 문학 세계를 더 넓혀 나가고 있습니다.

강정실 작가의 독특한 문학적 예술관을 담아내려는 의지가 강하게 보이는 대목입니다. 예술적으로 풍부한 감성의 한계를 뛰어넘는 강정실 작가의 다음 행보가 참 많이 기대되어 오래도록 지켜보고 싶습니다.

　종심(從心)에 접어들면 젊었을 때의 초심은 버리고 만물에
대한 본래 면목을 알아간다고들 합니다. 하지만 저는 공자의
말씀과는 달리 무슨 변덕인지, 바람 불면 나뭇잎 떨어지는
소리, 비가 오면 우산을 들고 거리를 쏘다니며 톡톡 튀는 빗
방울 소리에 귀를 기울입니다. 하얀 가루가 소복소복 떨어지
는 은빛 세상을 보면 힘들고 고통스러웠던 기억들을 눈 속에
꽁꽁 덮어버리고 싶고, 해가 뜨면 새로운 희망이 솟아나면서
도 불쑥 과거를 회상하는 예민한 버릇이 일상화되어 가고 있
습니다.
　젊었을 때는 마흔 곳이 넘는 외국을 여행하며 각 나라의
풍광에 매료되었고, 사진가로서 여러 곳에 출사 가고 동우회
까지 만들어 사진 강좌를 개설하며 사진 사랑에 빠졌습니다.
그러다 문학이라는 무거운 등짐을 지면서 출사가 동반되는
사진 촬영은 10년째 포기하고 살아가고 있습니다. 재작년 어
머니가 세상을 떠나면서 남겨 놓으신 여러 사진을 미국으로
가지고 오면서 Seagate에 보관하던 제 사진도 끄집어내었습
니다.
　한 장 한 장 사진을 넘겨 보면서 언제 어디서 촬영한 것인
지 가물거리는 당시의 기억을 되살리면서, 사진에 시(詩)를
입혀 한 권의 사진시집 『개썰매』를 남겨 놓기로 작정하고 밀
린 짐 하나를 정리해 가는 중입니다. 그러면서 한국사진작
가협회 웹사이트에 들어가 게재된 사진을 보기도 하고, 저도

가끔 사진에 시를 입혀 올리기도 합니다. 어쩌면 코로나 펜
데믹으로 인한 혼자만의 시간이 많아져 이렇게 하는 것인지
도 모르겠습니다.

　한적한 초저녁 홀로 커피를 끓여 테라스에 나갑니다. 실루
엣으로 남아 있는 먼 산과 가까이에 있는 차들의 궤적을 봅
니다. 마음의 때, 오히려 찌꺼기가 더 끼이는 것 같습니다.
　오늘도 평온하게 잠자기는 그른 것 같습니다.

2021년 5월 초
작업실에서 강정실

Contents

제1부

이곳에 오면

이송도에서

소주 한 잔에
해녀가 잡아온
해삼 멍게 한 점 씹으면
등줄기 새파란 그리움
입속엔 어린 바다가 파닥인다

아들딸 낳아 잘살고 있다고
얼마 전 병들어 죽었다고
지구 반대편 육지에 살고 있다고
물감 풀어놓던 불알친구 머리 위로
눈썹달 조금씩 제자리 찾아가면
이름 하나하나 소주잔에 뜬다

바닷바람에 기대어 헤엄치고
파도 소리에 어깨 걸었던
종아리 야윈 벌거숭이 초등학교 시절
하늘과 바다도 가슴에 들어와
금방 친구가 되었다

교태 어린 세상 내디딘
용감했던 발걸음은
한숨이 되고 거품이 되고
긴 미몽(迷夢)의 시간들 지나
굵어진 손마디로
비로소 이 바닷가에 섰다

해녀

숨이 턱 막혀 올 때
놋주발 같은 큰 전복을
발견한다
돌덩이 사이로 도망가기 전
빗창으로 어렵게 떼어내어
급하게 물 위로 떠올라
호오이 호오이 새소리 같은
참았던 가쁜 숨비소리가 날 때
코에서 주르륵 피가 흘러내린다

옆집 할머니 해녀는
남편은 통통배 타고 고기 잡다
풍랑에 수침되어 저승에 먼저 가고
철없는 어린 자식들은
품에서 떨어지지 않으려 하자
시집올 때 가지고 온 치마폭에
얼굴을 파묻고 눈물 한 바가지 쏟으며
고생이 눈앞에 어른거려도
놀멍쉬멍 물질하는 해녀가 되어
하루에 수백 번 잠수질하며
소라, 멍게, 전복 등을 따서
자식 공부시키고 시집 장가 보냈다

오늘도
황소바람 사나운 파도를 피해
추위 더위에 아랑곳하지 않고
종잇장같이 가벼워진 몸에
고무옷 걸쳐 입고
납덩어리 몇 개를 허리에 채워
곰삭은 두 눈이지만
테왁망사리에 늙은 가슴 위를 얹고
오리발로 물결 헤치며
깊은 바당*으로 나아간다

*바당은 바다를 의미하는 방언

외갓집

눈 감고 고향을 생각하면
바다가 있는 도심지에서
성장했던 곳이 아닌
맑게 흐르는 시냇물에
두 손을 푸른 하늘에 씻고
낙동강 하구 둑방엔
풀 뜯는 어미소 코끝에서
뿜어져 나오는 콧김과
등에 붙어 있는 파리를
긴꼬리로 툭툭 쫓던
외갓집이 눈앞에 선뜻 다가온다

넓은 앞마당에서 또래 친구들과
모이 찾는 닭을 쫓아내고
강아지와 함께 술래잡기하다가
"찐 감자 먹어라!"는 외할머니 말씀에
마루로 우르르 몰려가
옹기종기 모여 앉아
양재기에 담겨 있는 감자를
왕소금에 쿡쿡 찍어 먹던
꿀맛 같았던
내 또래 친구들은
다들 어디서 무얼 하는지

외갓집 동네와
고향집 부근을 찾아봐도
낯설게 변해 버린 곳
그리던 고향 어디를 찾아도
단순했던 아련한 어린 기억은
빌딩숲에 묻혀
허허롭게 느껴진다

폐가

내 나이 칠십

그동안 눈비와 바람을 가려주고
농장에서 사용하는 장비와
수확물을 안전하게 지키며
온갖 들짐승을
온몸으로 막았다

어느새
휑하니 떨어져 나간 문짝
휘어진 허리로 버티며
내 나이 칠십을 반추하며
거꾸로 세어 본다

칠십, 육십아홉… 육십일곱
아직 오십도 못 세었는데
벌써 눈물이 난다

늙어 가는 것이 서러운 게 아니라
이제 **뼈다귀**만 남아
아무 쓸모없는 폐가가 되었다는 게
더 서럽다

돌음 계단

언덕길을 따라 걷다가
한적한 등대 내부에 들어서면
위에서 아래로
아래서 위로
돌음 계단은 회전문처럼 반겨준다

동글동글 소라 창자처럼
말려 있는 대리석 계단을 따라
아래로 내려가며
부실한 나의 두 무릎뼈는
낡은 탁자 소리를 낸다

다시
위 입구를 찾아 올라가면
내 몸은 장작불에 달군 감자가 되어
버석대는 마른기침 삼키다
약 오른 고추 한 입 먹고
멧새 울음 펑펑 쏟아 놓는다

바다가 보이는 언덕에 앉아
철썩대는 파도가
인생이 빚어 놓은
나의 유성기에서 흘러나오는
공(空)의 소리를 듣게 한다
　　　　　　　　－부산 태종대 등대(2013년 4월)

이곳에 오면

이곳에 오면
재작년 봄 바닷가
파랗게 불어오는 햇볕 따스한
광안리 바닷가 모래사장에서
구순을 넘긴 어머니와 마주앉아
깊게 팬 주름진 얼굴을 보며
건강과 먹는 약
친척들의 근황을 물었던 일이
떠오른다

내 어린 시절 어머니의 젖을 빨다 낮잠이 들었다 잠에서 깨어나
보니 어머니가 안 보여 무턱대고 대문 문턱에 앉아 울고 있었
다 배에 석탄 싣고 사흘 만에 돌아온 아버지가 "새야 새야 파랑
새야 녹두밭에 앉지 마라 녹두꽃이 떨어지면 청포장수 울고 간
다"를 노래하며 달래 주셨다 내가 어른이 되어 결혼하고 직장
생활을 하다가 독일로 유학 갈 때 고향집에 맡긴 아들딸을 부모
가 몇 년간 키워 주셨다 아들은 애미 대신 할머니의 빈 젖을 빨
며 잠들었고, 애비가 먹었던 그 젖을 대물림하며 성장했다

이곳에 오면
산타모니카 바닷가 모래사장에서
엄마 품에 안겨
바다를 바라보는 다른 모녀의 모습도

사랑보다 진한 나의 추억들이
내 심장에 머물러 앉아
파도는
채워지지 않는 부모님의 빈자리에
흔적이 되어 흐르는 세월에도
마법같이 녹지 않고
기억의 파편들이 흔들어 댄다

둥근 파문

여름빛이 강하게 내리쬐지 않는 그리피스 공원 숲속 개울가를 찾는다 햇빛에 비친 잎새는 파랗게 나풀댄다 숨죽여 흐르는 개울물엔 가재 적토빛 구우피가 같이 놀고 큰 대야 넓이의 또 다른 곳엔 소금쟁이 몇 마리가 물 위에서 잠자듯 조용히 휴식을 취하고 있다 그중 한 놈은 경계를 허물며 파르르 떨며 안에서 바깥으로 미세한 물결을 일으킨다 이를 촬영하고자 카메라 뷰바인더 아이피스에 눈을 갖다 대니 또 다른 둥근 파문이 일고 있다

그곳엔 내 또래 친척들 모두가 동그랗게 앉아 발 담그고 퐁당거리는 모습이다 아아, 지금도 쉽게 이해 못 하는 제삿날 제상(祭床)인 종가 큰아버지의 이해 못 하는 축(祝)을 듣고 있다 어린 나는 병풍 앞 상에 차려진 둥근 목재 제기에 올려진 갖가지 과일 고기와 생선 나물과 탕류를 쳐다본다 문중 어른들과 함께 입 다물고 초헌(初獻)과 아헌(亞獻)을 보며 큰절했던 친척들을 보고 싶어 한다 아직도 향불 가물대고 초록빛 고요를 왜 그토록 그리워하는지….

8월 바다

바닷가 모래밭에 다가가면
고등어 굽는 내음이 코를 마비시키고
일순간 눈의 피로가 사라지며
갈매기들의 울음에 두 귀는 한가해진다

오늘따라 태양은 우울한 표정을 짓고
느릿한 바람은 파도가 부끄럼 타듯
잔물살 일으키며
고래 떼가 춤추듯 철썩대고 있다

어느덧 나는, 이송도 자갈밭에서
낚싯줄에 미끼를 끼워
낚싯대 길게 드리우고
고향 앞바다에 앉아 있다

8월 말의 찌는
출렁거리는 바닷물결에
설레설레 고갯짓하며
수평선 너머로 추억이 줄줄이 낚여온다

신발 가게 앞에서

맥아더 공원 건너편 멕시칸들이 운집해 있는 장삿집을 지나간
다 넥타이를 맨 주인은 좌판대 옆에 앉아 "값이 싸다"며 짝퉁
메이커 신발을 권한다 가게에는 점퍼, 와이셔츠와 여러 종류의
신발이 윈도 앞에 골고루 놓여 있다

내 머릿속에는 딱지치기와 구슬치기 소리가 들리고 고향의 어
린아이들의 목소리가 자작하게 묻어 나온다

큰아버지는 해방되자 일본에서 한국에 돌아와 평생 구두 수선
을 했는데, 교회 옆 담벼락에 간판도 없고 칸막이도 없이 길거
리에서 일하셨다 아침이면 큰어머니는 깨끗하게 닦아 놓은 마
룻바닥에 밥상 펴고 시래깃국에 김치 하나 꽁보리밥을 고봉으
로 담아놓고 "점심은 이 밥을 남겨 놓든지 굶든지 각자 알아서
먹어라!"고 하셨다 쫄망쫄망한 내 또래의 어린 다섯 사촌은 그
시간만큼은 늘 행복했다 아침밥 먹는 마루 아래엔 흙투성이에
낡고 헤어져 있지만, 제짝이 함께 놓이면 그것이 가족이고 식구
인 열네 켤레의 신발이 재미있게 놓여 있었다

복숭아 사진

부엌 전기 버너에 올려놓은 복숭아 사진 한 장이 5년 전 초여름
날로 길라잡이한다
사립대학에서 주립대학 선생으로 새 직장을 옮기는 아들과 함
께 짐 가득 실은 아들의 자동차로 LA에서 애틀랜타로 향한 3일
간의 고난이 아련하게 떠오른다

10번 프리웨이로 애리조나 투산과 윌콕스를 지나는데 운전석
뒷바퀴에서 투투투 소리가 나면서 타이어가 찢어진다 갓길에
차를 세우고 삼각잭을 이용해 예비 타이어로 교환하는데, 벚꽃
같이 생긴 특수 보드가 빠지지 않고 시답잖은 나의 발길에 망가
져 버린다 보험사의 트럭을 통해 가까운 샌 사이먼의 타이어 가
게에 도착했으나 평일인데도 문은 닫혀 있고, 주변은 한가한 시
골 마을이다 타이어 가게 옆 자택에는 서너 마리의 거위와 강아
지가 도둑으로 보이는지 고함을 질러댄다 간판에 붙어 있는 전
화번호로 연락한다 자식의 결혼식 피로연이 있어 밤 9시에나
도착한다나 밤늦게 도착한 주인은 출발지와 도착지를 묻는다
대박 한 건 터트린 것으로 확신하는지 비굴한 웃음을 입가에 띄
우며 엄청난 요금을 요구한다 "머 저런 기 다 있노!" 타이어 한
짝 교체하는 데 말도 안 되게 바가지를 씌우다니, 단호히 거부
하고 차가 서 있는 그 자리에서 하룻밤을 페트병의 물로 배고픔
을 이기며 차 속에서 뜬눈으로 지새운다
다음 날 아침 다른 보험사 트럭을 통해 로즈버그 타이어 가게
앞으로 옮긴다 이른 시간이라 직원을 기다린다 타이어 가게 건

너편 봉숭아 나무에 주렁주렁 달린 잘 익은 복숭아 두 개를 따서 수돗물에 보송보송 붙어 있는 하얀 털을 씻어낸다 아들과 마주 보며 한입 문다 입속에 풍성하게 고이는 봉숭아 과즙은 어제의 괴롬이 사르르 녹아들게 한다

인생은 온갖 풍상을 온몸으로 견디며 흙먼지를 뒤집어쓰면서도 증오와 고통의 아픔은 빠르게 잊으려 한다 그러나 그 아픔은 긴 추억으로 남기며 내일이라는 희망의 지렛대 역할을 한다

공항으로 출발하기 전, 새로 입주한 부엌 전기 버너에 얻어온 복숭아를 올려놓고 고층의 기억을 촬영한 후 봉숭아는 그대로 둔다 애틀랜타 공항서 LA로 향하는 비행기가 하늘을 향해 높이 오른다

녹슨 외벽

타이어 가게 한쪽
폐타이어가 쌓여 있는 구석
찌그러진 녹슨 외벽은
조안 미첼의 작품을 보는 듯
비바람과 햇볕이 한 땀씩
뜨개질하듯 만들어 낸
자연적 구성과 초록빛 강아지풀이
멋진 앙상블이 되어
대형 추상화를 보는 듯
사뭇 놀라며
건너편 백화점에 들어선다

보석 가게 쇼윈도에
잘 놓여 있는 여러 보석 중
긴 세월 동안 바닷모래가
열과 압력에 탄생한
다채로운 색상의 오팔 속엔
좀 전 타이어 가게
녹슨 외벽에 그려진
한 폭의 추상화가 담겨 있고
집사람과 외손녀의
해맑은 웃음도 보인다

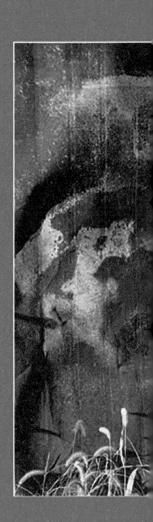

기차는 선로 위로
내가 살아온 짐짝을 싣고
산과 강을 건너
고향을 향해 달려간다

이제는 밥보다
먹는 약들이 더 많고
새털같이 가벼워진 몸무게는
조개구름이 되어
사락거리며 흩어져 간다

살아생전 거북이 등같이
단단했던 세월은
무너진 흙담 틈새로
사바세계가 널브러져
어느새 얼굴과 손등은
쭈굴바가지가 되어 있다

한나절 무료함을 달래기 위해
깍지 낀 손으로 바깥을 보다
중간역 기차 난간에서
양복 위에 점퍼를 걸치고
모자까지 써도

차가운 바람이 매서워
애꿎은 담배만 피워댄다

다시 기차는 선로 위로
마지막 목적지를 향해 달려간다

낡은 사원 헐고 극락 가신
부모님이 사용했던 염주(念珠)와
철길 옆 나무 이파리들이
곧추서서
쏴 소리 내며 도리질해댄다

다 저문 햇살에
먼 산은 노을빛이 되고
느지막하게 핸드폰에서 들려오는
고향 친구의 말발굽 벨 소리를
가재눈으로 맞이한다

아미새(娥美鳥)

동네 애들과
바닷가와 산복도로 후미진 골목길에서
계절과 날씨에 상관없이 배고픈 줄 모르고
온종일 함께 어울리던 내 어린 도시 생활

초등학교에 입학하고는 같은 반 애들과 경쟁하며
동네 친구들과의 만남은 절반으로 줄어들고
중학교 때부터는 학교와 장독대 옆 집마당에서
보이지 않는 미래를 향한 까까머리 생활

대학 가고 다들 성장해
형제마저 뿔뿔이 흩어져 사회생활하며
새로운 곳에 간이역을 만들어
그곳에서 보호막인 담벼락 치고
새로 태어난 어린애들은
제비 새끼처럼 쪼르르 모여 앉아
옆집 또래의 애들과 철없이 놀고, 키우다
어느새
아미새(娥美鳥)가 되어 각자의 길로 떠난다

삶이란 윤회하는 것
늙은 가수는
지난날 화려하게 노래한 무대를 회상하며

작은 거울 한 개 가슴에 넣어두어
푸른 노래할 무대 뒤 분장실에서
반짝이 검은 비로드 넥타이를 비춰보곤
모양새를 확인하고는 마이크를 잡는다
이렇듯
호랑나비 활활 나는 맑은 날
하얗게 화장한 민들레 홀씨가 되어
강바람 타고
철없던 내 어린 산등성이 동산에
돌아가는 꿈을 꾼다

산닭

겨울철 행사를 하와이 주도인 오하우섬 어느 식당에서 가졌어 다음날 호놀룰루 해변을 중심으로 섬 전체를 관광하기로 했어 한겨울에도 항상 초여름 날씨래 해변에는 수영복을 입고 노래하고 춤추며 뙤약볕 아래서도 시들지 않고 한밤에도 각종 야외 공연은 오뚝이처럼 일어나는 왕성한 생명력을 느꼈어 하와이 주기(州旗)가 영국 국기와 비슷하고 전성기 대영 제국의 해가 이곳에 떠 있는 것 같았어

얼마 크지 않은 섬, 두 시간 정도 해변을 따라 도는데 소나기 내리고 천둥 치고 그러다 잔비가 되다가 멋진 무지개까지 뜨데 이곳 날씨는 구멍 숭숭 뚫린 시커먼 현무암을 닮아 그런지 변덕 이 죽 끓듯 하다가 이내 해가 쨍쨍하데 사람들이 모이는 곳, 한 적한 등산로에 예쁜 닭들과 병아리들이 보였어 사람들을 무서 워하지도 않는다나 신기한 광경이었어
관광지의 노천 음식점엔 참나무 숯불에 통닭 열 마리씩 다섯 줄 오십 마리를 모터가 달린 벨트에 굽고 있었어 사람들 주변에 산 닭들도 서성이데 숯불에 구운 닭고기 살 몇 점을 던져주니 맛의 깊이를 아는지 모르는지 잘도 주워 먹데 이곳은 흔한 산닭을 잡 아 장사하는 게 아니래 자연적 삶을 살아가는 산닭이래

알로하(Aloha)는 사랑과 우정, 기쁨과 평화를 상징하는 하와 이 원주민의 언어라나 다섯 개의 카운티에는 각각의 섬들로 세 상에서 제일 많이 비가 내리는 곳, 깎아지른 절경의 절벽, 살아

움직이는 활화산, 아름다운 플루메리아 꽃, 화려하게 치장한
새들도 다양하다나

딱따구리

등산로 주차장에 차 세우고 아침나절 산길을 걷다가 주차장으로 돌아온다 주차장에는 빽빽이 들어선 차들과 사람들 사이, 딱따구리는 장애인 사인이 붙어 있는 구멍 숭숭 뚫린 철 기둥 안에 보관 중인 도토리를 꺼내 먹고 있다
세상이 하루가 다르게 물리적 정서와 생태계의 환경 오염이 심각해서인가 인적 없는 산속에 도토리가 넘치고 물 흐르는 골짜기가 많은데, 간이 배 밖에 나왔는지 사람들을 겁내지 않고 당당하다

인적 없는 산속 오동나무 줄기에 초여름 한철 딱딱딱 골짜기가 울리고, 중생은 그 맑은소리에 옷깃 여미는 정적(靜寂)을 찾는 게 참모습인데…

제2부

노랑 꽃

빛난다
똑
똑
똑
바스락 소리를 내고
잠에서 깨어난 대지는
풀잎들이 떨구는 이슬에 기지개를 켜고
물방울은 하얀 아지랑이로
모락모락 피어올라 부산스럽다

숨 가쁘게 새들이 금방울 소리 울리고
비둘기도 구구대자

해바라기

하늘 높이 떠 있는
태양을 향해
얼굴을 펼쳐 보이기 위해
뒷발을 높이 세우며
발돋움한다

바람 불면 풋대가
마디마디 휘청이면서도
그대 향한 그리움은
주홍빛 얼굴이 되어
끊임없이 타오른다

밤마다 찾아오는
휘영청 달 밝은 밤에
고스란히 내민 얼굴은
해설핏한 외로움이
까맣게 익어 간다

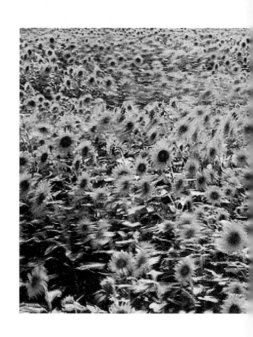

달팽이

바람은 불고
오늘도 편지통엔
잿빛으로 물든 외로움 쌓이고
키 낮은 풀들만 파르르 떤다

명주실 타래 풀어 돋보기 끼고
고운 양말 만들어도
얼기설기 떠난 남편은
멀리서 마차 타고 오실 날은
저만큼 꿈길 밖에 있다

가마솥 푹푹 설익은 곰국을
우윳빛 돋도록 곱게 고아
파 송송 넣어 기다리는 세월
그리움은 길게 목 빼고
망 · 울 · 망 · 울 서성인다

만 리 밖 하늘에서
천둥이 우니
사랑하는 이여
그대, 아프지 마옵소서

바위

해 뜨고 해 지고
달 뜨고 달 지고
억겁의 사계절을 겪은
제 몸속에는
빈자리가 안 보일 정도로
세월을 단단히 묶어놓아
어디를 찾아 어디서부터
말해야 할지를 모른다

왜 있잖은가

도도(陶陶)한 호호막막함을 느끼며
매일 찾아오는 새들과
계절마다 찾아오는 나비들과
제 몸을 갉아먹는
참나무와 칡 밑동에도
자리를 내어주고
오늘도 침묵하며
바위는 늘 말이 없다

노랑 꽃

하늘을 쳐다보았어
하얀 구름 사이 몇 송이 안 되는
노랑 꽃이 하늘하늘 달렸네

목은 아프지만
하늘이 무너지지 않게
봄을 가슴에 한아름 주워 담았어

고향의 잊힌 이름들이
새삼스럽게 가지에 걸려
노랑 꽃으로 송송 피었네

노을

해안가 모래 위에 오두마니 앉아
선홍빛 태양이 서녘 하늘에
길게 펴놓은 칠흑 너울을 덮으려 하고
모래톱을 따라가는 갈매기 울음소리를 듣는다

흰 파도는 붉은 노을빛 머금고
사방천지 초혼제 지내는 무녀의 넋이 되어
천지신명 전생의 가시밭길에
그리운 사람 이름 부르는 소리뿐이다

도시의 숨구멍 거리를 가로질러
답답한 마스크를 벗어 던지고 앉아 있으면
하늘 뽀개어 가슴애피 해는 지고
등대만이 고깃배 밤불처럼 흔들린다

연꽃

구정물 속에서도
순결한 자태
푸른 자락 연대 사이
피어난 봉오리 둘

곱게 정좌한
한 폭의 풍경화
마음까지 겸손해지는
자비로운 미소

온화한 침묵
곧 개화할 설법상에
오욕이 옮겨 갈까
얼른 발길 돌린다

봄

솔향기 피어나는 소리
발갛게 푸르고

고즈넉이 앉아 있다가
거리를 쏘다니는 자잘한
팔랑개비 바람에도
쌀쌀맞고 인정없이 떠돌아다니는

너는
한 무리 바람쟁이
이 봄, 깊은 허기를 느낀다

억새

산등선 거친 땅에
군락 이루고
다람쥐 쳇바퀴 돌 듯
이웃과 한솥밥 먹으며
몸을 흔들며 대화하다가
격하게 다투기도 하고
소리 내며 웃기도 하며
하루를 보낸다

때가 되면
자식 먼 곳으로
시집 장가 보내고
계절 따라 찾아오는
여러 새들에게
커가는 손자 손녀와
산 너머 처갓집 소식을
사락사락 듣다가
달빛에 살포시 대문 닫는다

발자국(1)

초승달이 바닷물에
시퍼렇게 칼 갈다 빠져나간
새벽 백사장에는
밤새 오가며 대화한 언어가
바닷물에 다 씻겨가고
그 자리엔
고독과 외로움을 훑는
발자국만 남아
저벅저벅 걸어오려는 듯
멀리서
파도 소리가
자잘하게 들려온다

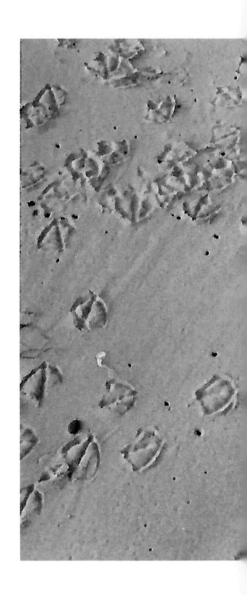

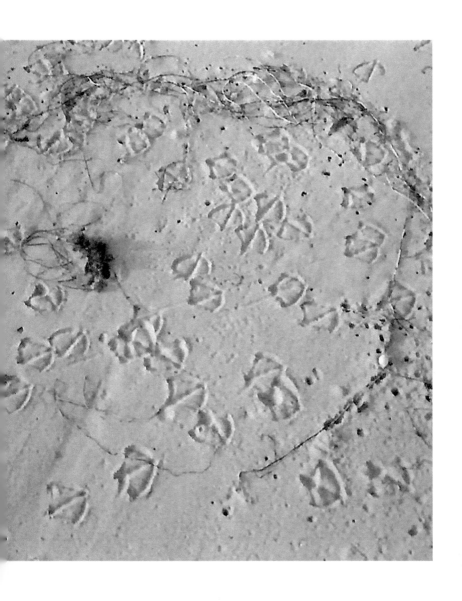

이곳은 수만 리 떨어져 있는
끝도 없이 달려가야 할
별에 머무는 집들은
멀찍이 다 내비쳐 있어
내비게이션이 필요치 않다

간장 종지를 엎어놓은 것 같은
둥근 달은
부모님의 얼굴 같아
서로 말없이 맞대고 있으려니
사랑으로 엉킨 세월
백옥처럼 밝은 달이 서럽기만 하다

잠시 머무는 이곳에
먼 북녘 하늘을 맴돌다

그리움(1)

만나야 하는데
만날 수 없는
한 사람 내게 있으니
가슴 아린 그리움
머리에 이고
솔방울 함께 줍던
산사(山寺)를 걷는다

코스모스

이 길로 오실까 저 길로 오실까
그대 기다리는 내 마음은
길게 드리운
가녀린 목이지만
좌우를 살피며 서성입니다
달 밝은 밤이 아니더라도 좋으나
눈 오는 하얀 겨울에는
저가 없으니
꿈에서라도 자주 만나옵고
다음 해 이맘때쯤
저를 잊지 않고 찾아오소서

가을밤

가을밤
오색 바람을 타고 호수에 내려앉은
빌딩숲과 가로등 불빛이 고웁기도 하다
겨울로 가는 긴 밤은 아직 남아 있고
나는 오랫동안 비워둔 내 방의 꽃병에
만삭의 달빛을 채우며 그리운 이에게
긴 편지를 쓴다

-Echopark, CA-

꿈

밤이 깊습니다
별빛 하나 보이지 않는
어둔 밤하늘을 보며
커튼을 내립니다

파랗게 깊어진 하늘 아래
떫은 감이 주렁주렁 매달린
묵은 감나무 아래서
바둑이와 함께 노는
꿈을 꿀 겁니다

밤이 길어 싫지만
아침을 열기 위해
기다리는 마음으로
두 눈을 붙입니다

하양 장미

홀로 걷는 깊은 밤
박등(照足燈)을 손에 들고
질척거리는 황톳길을
터벅터벅 걷다 보면
두 발등을 비추는 하양 불빛은
희읍스름한 어둠과
빈손 빈 마음만 켜켜이 쌓여
찬 이슬까지 어깨에 눌러앉아
쓸쓸함만 더해진다

새벽이 오기 전
멀리서 울어대는 부엉이 소리는
목울음을 만들어 내고
가는 대나무에 문종이를 붙여
갈색 옻칠 입힌
박등에서 하롱거리는 불빛은
냇바닥 얕은 개울을 지나
빈 들판 빈 나뭇가지가 되어
허둥대며 걸어간다

제3부

기다림

귀뚜리 노래

꽃닭이 횟대에서 잠든
낙엽 우수수 지는 밤
귀뚜리 소리에 슬리퍼 끌고
집 근처 중학교로 가는
인도를 따라 걷는다

환한 가로등 불빛에
가로수 이파리가
사람 모양의 그림자가 되어
여길 밟지 말고
왼쪽으로 가라 손짓한다

어라
위를 쳐다보니 나뭇잎만 있는데
아래는 안내자가 서 있다
웬일일까
발끝 주변을 자세히 쳐다본다

아아! 이 깊은 밤인데도
길거리에 널브러져 있는
동전만 한 비스킷 서너 조각을
개미 떼가 잠 안 자고
차례로 줄 서서 집으로 물고 간다

찌르륵
찌르르륵
찌르르르륵

휘영청 밝은 달은 아니건만
바람에 하늘거리는
가로등은
어둠 속 별빛 하나 가슴에 안고
귀뚜리 이야기를 하염없이 듣는다

봄바람 났다

명인이 섬세하게
열두 번 옻칠한 나전칠기함에다
맑은 샘물 부어 넣고
유약(釉藥)도 곱게 얹혀
800도 가마에서 잘 구워낸
칠보색 잉어들이
겨우내 입술만 삐죽이더니만
활짝 핀 자목련 꽃바람에
봄바람 났다

분홍빛 진달래 피고
능수버들 치마폭 바람에
노랑나비 나풀대며
개나리 벚나무 꽃대가 넘실대는
창경궁 춘당지에 가자고 하다가

노을빛 자르르 반짝이며
동박새 노래하고
담팔수 소나무가 울창하고
봄빛 노래가 높은 곳에서
우렁차게 울려 떨어지는
천지연 폭포로 보내 달라고
치근대며 조르다

달빛 농염하고 기암절벽 빼어난
낙동강 칠백 리 긴 강 따라 흘러흘러

구포 오일장 재첩국 이야기 중
숨차는지
뻐끔뻐끔 물방울 담배를 피우며
술 몇 잔 마시고는
얼굴을 또 내민다

또 어디로 튀려는지
꼬리를 살랑살랑 흔들며
깔깔대며 웃다가 이내
대성통곡한다
단단히 봄바람 났다

벚꽃잎

해맑은 햇살 가득 드리운 날

성못길 입구에 서 있는 당신을 보며 무척 놀랍니다 포악스
레 겨울을 견뎌낸 가지에 잎이 피기 전 제 몸에 핀 꽃을 아
무렇지도 않게 뜯어버려서요 그래도 당신은 따뜻한 새봄맞
이 길 위를 가득 덮어주고 있네요 4월의 애잔한 바람에 여
기저길 부딪히고 파르르 온몸을 흔들고 있네요 이별이 싫다
며 서러움을 노래하는 당신의 모습이 아름다워요 흙발로 저
벅저벅 걸어온 전생에서부터 못다 푼 그리움입니다
살아오고
살아가다
사라지고,
또 누군가 아련한 연분홍 이 길을 걷겠지요 인생은 꽃 피듯
만나 꽃 지듯이 헤어집니다

눈 온 날

는개가 내리는 날
떨어져 뒹구는 낙엽을 밟으며
산을 오르다
는개는 백설이 되어
찬바람 타고 펑펑 내려
눈꽃을 만들어 내고
먼 곳에 있는 산과
가까이에 있는 나뭇가지에
은빛 풍경을
만들어 놓는다
다음 날
아침 햇살에 비친
은백색 숫눈 위에
자박자박 눈 밟는 소리와
뒤따라 오는 내 발자국
숨 쉴 때마다
입김에 친구 얼굴들이
형상화되었다가
이내 사라져 가는
저승의 친구들과
함께 걷는다

풍경화

넓은 공간에 맑은 상상력을 동원할 수 있는 툭 터인 바다가 보
이는 언덕을 찾는다 나는 팔레트를 놓고 세세하고 힘찬 붓 터치
가 아닌 여백을 둔다 바다엔 흰 요트 두 대가 떠 있고, 낚시하
는 강태공들을 그린다

절벽 위 주황색 주택은 태평양을 바라보고 주택 앞은 몇 그루의
나무와 잔디가 동그마니 있다 남가주는 지진으로 가끔 집이 심
하게 흔들려 비바람 불고 태풍이 오면 무간지옥이 되고 간(肝)은
천 길 낭떠러지로 떨어진다 괜히 집주인은 천지신명께 그 순간의
환난을 복(福)으로 넘겨주십사 빌고 비는 게 아닐까, 극락왕생
해탈득도해서 세월이 비켜 가는지, 그러려니 하고 사는 것인지
조바심 난다

산책길

언덕을 따라 산책길로 접어들면 길은 여러 갈래길이 나온다 가파른 언덕길을 걸으면 산꼭대기 전망대로 이어진다 길옆에는 야생 겨자꽃이 노랗게 피어 산새들은 이꽃 저꽃 가지에서 뛰어논다 빗물이 모인 웅덩이엔 까만 올챙이 떼들이 고물거리는데 높은 나뭇가지에 앉아 있는 까마귀들은 틈틈이 웅덩이를 노리고 있다 산책길을 오가다 보면 황톳빛 모랫길은 크고 작은 여러 형태의 신발 자국이 밥 짓는 연기처럼 자욱하다

산책로에 핀 파랑꽃을 보다가 발길을 멈춘다 문득 타지에 있는 손자가 내게 건네준 컵에 그려진 보랏빛 두엇 꽃송이 비슷한 야생꽃을 보며 그림자를 길게 끌고 오른다 땀방울 맺혀 막걸리 냄새가 진동하는 얼굴로 꼭대기에 올라 페트병의 물을 마신다 사방천지 바둑판같이 툭 터인 도로와 멀리 태평양 바다가 파란 하늘에 반사되어 아스라하게 눈에 들어온다

-Griffith Park, CA-

그리움(2)

포장마차를 찾아
기름에 튀긴 메뚜기가 보여
혼자 술 몇 잔을 마신다

문뜩 떠오르는
너의 빈자리가 눈에 밟혀
전화번호를 뒤지는데
네가 슬퍼하는 표정이
떠올라 손을 거둔다
뒤뚱뒤뚱 밤길 걸으며
가로등 아래서 웃으며 대화하는
다정한 남녀가
나뭇잎 그림자로
두세 겹으로 보이면
네가 있어도
멀리 빌딩숲 바라보기의
내 측은함이라니

어처구니없게도
나는 헛구역질하며
아픔은 그리움이 되어
순례자처럼
해안가를 찾는다

아침 안개

포도밭을 둘러싼
산언저리부터
뿌윰한 아침 안개가 널려 있다
신발끈 바싹 죄고
빠른 걸음으로 걸어가
열렸다 닫혔다 하는
안개에 녹아든 풍경을 골라
몇 장 찍으려 하나
자꾸 벗겨지는
안갯속 포도밭은
차분하게 촬영할 기회를 안 준다
어느새 새소리 높이 뜨고
듬성듬성 핀 들꽃 사이로
안개는 가버리고
풀잎과 포도 이파리 끝에 매달린
은빛 방울만 알알이 맺혀
고운 임 얼굴처럼
환하게 다가온다

뱃놀이

눈이 시리게
푸른 하늘을 타고
검정새는
연(蓮) 봉오리에 매달린다

활활
불붙는 바람은
어느덧 여름을 갖다 앉힌다

바짝 마른 입술은
너를 닮은 물빛에
어영차 두둥실 뱃놀이한다

-Echopark, CA-

여름 바닷가

눈부신 햇살 속에
잔파도는 출렁이고
피어난 한 줄기 그리움은
소금빛 향기로 은밀하다

온종일 채워진 더운 바람
가로로 누운 초록빛 물결은
미역 같은 긴 실루엣이 되어
모래톱으로 곱게 드리운다

넘실대는 물 위에 누워
파도에 엉클어진 머리카락은
하늘을 향해 춤추며
미풍에도 넘실대는
타이티 여인이 되어 있다

방에 걸어 두었던
고갱의 오라나 마리아는
번민과 좌절의 자화상이 되어
새로운 인물화를 그려 댄다

빈 의자
-몬트레이 사랑공원

햇빛은 남쪽으로 길게 뻗고
그곳 말미쯤
공원 잔디밭에서
우두커니 선 채
먼바다를 바라다본다

오후 한나절
산그늘 있을 리 만무하고
빈 의자도 없어
내리쬐는 햇빛 삼키며
선글라스를 마누라에게 넘기고는
우람한 큰 나무 이파리가
넓은 그늘로 늘어져 있는
모래 위에
곤한 다리와 무거운 엉덩이를
털썩 내려놓는다
그러나 시원한 바람이 불라치면
큰 나무의 그늘은
내가 성가신 듯 조금씩 옆으로
옮기고 있다

어찌할 거나
초여름 장거리 여행을
이곳까지 왔는데
이렇게 내치면 어찌할 거나
비현한 내 몸뚱이를
자동차 안의 에어컨 틀어놓고
잠시 엎디어 잠이라도 청해야 하는 것을,
더운 공기 한 입 배불리 먹고는
나무 그늘 따라 옆으로 옮겨
철썩이는 파도에 발을 담근다

기다림

오후 서너 시 낡은 역사(驛舍) 뒤에
두 대의 자전거가 놓여 있다

기다리다 지쳐
줄담배 피우며 빈 플라스틱 병에
담배꽁초를 처박아 넣고
괜한 역사 화장실에
꾸역꾸역 다녀와도
만나기로 한 그녀의 웃음은
웃자란 잡풀 사이에 흩어져 있다

자책이 계속 나를 따라온다

그녀의 자전거 손잡이는
벌겋게 녹슬어 가고
그래도 노란 우편함은
네가 오는 모습을 그려보는
희망이 있어 좋다

천천히
아주 천천히 다가오는 기다림이지만
기다림은
내 어깨너머로 달려온다

사진 : 독일 Hitzacker 역사(驛舍) 후문(May 2017)

오리 가족

오리는
어디서 알을 품고
깨어나게 했는지
아침나절부터
새끼들을 데리고 나와
꽥꽥대며 잠수질을 교육한다
하늘을 나르고
하늘에서
더 큰 자유와 인내를 배울 때까지
상수리나무 가지와 풀잎 사이를
기우뚱 걸어 다니며
식탁에 둘러앉아
애미는 새끼들에게
차례차례 따뜻한 밥 먹이고
애비는 밤마다 불침번을 선다

KUTEL

구(舊) 에센(Alten Essen)에 있는 빈 공장, KUTEL(Rheinrhur Milchhof EG)를 보는 순간 지나간 내 청춘이 잠시 흔들렸다. 상표 쿠텔은 암소(kuh)와 호텔(Hotel)의 약자로, 번쩍번쩍 빛났던 독일에서의 첫 추억! 한 시대의 장소가 사라져 간다.

1980년부터 2년간 현장에서 독일인과 함께 일하며 매달 받는 급료를 모아 독일 대학교에 입학하기 위해 모교 총장 추천으로, 한국에서의 대학 선생을 그만두고 실습생으로 왔다. 그랬던 100년의 역사를 자랑하던 이 유업회사가 긴 불황의 늪에 문닫은 것을 목도하게 된다.

내가 졸업했던 대학교 학과도 점점 비인기 학과가 되자 몇십 년 만에 없어진 것이 불쑥 떠오르면서, 중학교 일 학년 여름방학인가 평생 대한석탄공사의 직원이셨던 아버지는 부산 감천화력발전소에 입항한 도계호가 석탄을 싣기 위해 묵호로 출항한다기에 아버지를 따라 함께 승선했다. 얼마 가지 않아서부터 마산으로 되돌아올 때까지 속에서 치솟았던 멀미가 불현듯 되찾아 왔다.

회사 건너편에 있는 카이저 공원(Kaiser Wihelm Park)에 갔다. 40년 전의 공원 구조와 별반 다름없는데, 새로운 큰 연못이 놓여 있다. 기억을 가슴으로 토하다 보니 두 다리가 휘청거린다. 아름다웠던 추억의 현장을 다시 보기를 그토록 원했는데 의지와는 달리 내 기억은 시래기가 되어 있다. 그리움을 위해 앞장서서 달려가던 발걸음이 잔인하게 '피~익!'하고 빠져나가는 세월의 쓸쓸함과 2년간의 에센을 회상하며 가슴이 먹먹해진다.

회사 사무실과 붙어 있는 Palmbusch Way 44, 나의 독일 자동차 면허증 주소지 대문 앞에서 한 장의 사진을 촬영한다. 다시 올 리 만무한 이곳을 한참 서성이다가 발길을 돌린다.

데스밸리

모래언덕(Sand Dunes)
꼭대기에 올라
수많은 아픔과 미련을
손과 발로 깊이 꾸겨 넣어도
뒤돌아서면 이내 허물어지고
슬픔과 원망의 외침도
흔적 없이 모래바람은 묻어 버린다

뜨거운 바람을 마주하면
오색 타오름의 태양 아래
모래알과 다른 모래알이
다투는 소리를 들을 수 있고
밤이 되면 별똥별 타고
손 흔드는 생텍쥐페리의 어린 왕자와
새로운 성을 쌓아가는
황금별을 볼 수 있다

그리고
어딘가에 있을
오아시스를 갈구하다가
스스로 고독한 낙타가 되어
죽음을 맞이한 이곳에는
아픈 목마름이 있어

죽어간 데스밸리의 영혼들이
저벅저벅 걸어가는 소리를
들을 수 있다

제4부

개썰매

햄버거 먹는 날

몇 년 전 도시로 시집간 큰딸이 이곳 산골 마을에 외손자를 데
리고 햄버거용 빵과 쇠고기 몇 근을 사왔다 부엌에 들어간 딸은
도시가 아니라도 요즘은 집에서도 직접 만들어 먹을 수 있다고
한다 팔을 걷고 햄버거에 들어갈 소고기를 도마에다 딱딱딱 칼
로 다진 고기 속에 마늘, 소금, 설탕, 참기름을 넣어 통통하게
버무려 장작불에 프라이팬을 올려 구워낸다

잘 익은 소고기를 빵 위에 올려놓고 밭에서 따온 토마토, 양파,
오이를 썰어놓고 듬성듬성 자른 연한 채소잎 한 장 순으로 차례
차례 올린다 다 떨어진 케첩 대신 고추장을 얇게 바른 후 통깨
가 붙어 있는 햄버거 빵을 덮고 마무리한다

딸은 마루에 앉아 먹는 밥상보다는 집 마당에 외손자와 함께 서
서 먹는 게 별미라며 쫓아낸다

무릎이 아프고 입맛이 써
서 있기가 불편한데도
마른 누룽지 먹듯 한 입 베어 맛을 본다
그런데
씹기 편하고 어찌나 맛있는지
언제 아팠냐는 듯 주책없이 목구멍으로 쏘옥 들어간다
내 입이 아귀인지, 아귀는 입만 크고 살점은 몇 점 안 되는데
방금 구운 햄버거를 아귀처럼

또 한 번 한 입 덥석 베어 물고
따라붙는 바둑이를 밀쳐 버리고
체면도 없이 우물거린다

카날스 다리

사람과 차가 복작대는
바닷가가 있는 도시 한가운데
가로세로로 지어놓은 주택과
일직선의 길 따라 걷다 보면
각각의 개인 정원에는
제 특색의 꽃들이 심겨져 있다

이 집 저 집 건넛집으로 가기 위해
흰색 아치형 다리들을 건너야 하고
다리 위에도 만남이 이루어지는
다리 위에 올라
하늘을 올려보다가
하늘거리는
물결의 반영을 쳐다본다

어릴 때 암송했던 아폴리네르의 시
'미라보 다리 아래 세느강이 흐르고
우리의 사랑도 흘러간다 괴로움 뒤에
오는 기쁨 나 또한 기억하고 있나니…'
몇 구절 '미라보 다리'를 읊는데
주책없이 실금실금 눈물이 난다

무슨 이유인지 설사가 석 달이나 멎지 않고
일 년 전부터 오른쪽 어깨의 진통으로
잠을 깨기도 하여
갈수록 세상에 짐짝이 되어가는 몸뚱이에
왜 이토록 미련이 담벼락을 뚫는지 모르겠다

밤 8시 25분

거리 조정이 맞지 않은 오래된 사진 한 장이 나왔다. 왜 남겨 놓았을까? 조밀한 기억의 나이테를 풀어낸다. 기억은 점차 타오르고 흔들림 없는 새의 날갯짓처럼 펄럭인다.

푸르던 시절을 보는 듯 처음 디지털카메라를 만질 때다. 분홍색 산타모니카 3가 밤거리를 출사했던 늦은 봄날이다. 사진 촬영하기에 이른 시간이라 식당 테라스에 앉아 오가는 손님을 구경하며 식사 대신 맥주 몇 잔을 마신다. 서서히 밤은 익어가고 가로등에 달린 두 개의 꽃 화분을 보는데, 길 뒤편 벽에 걸린 시계가 또렷이 나타난다. 카메라 뷰바인드를 통해 시계에다 조리개를 조여도 꽃잎이 흐려, 뒷걸음질해 쇼윈도에 붙어서 꽃잎에 초점을 맞추는데도 보케가 나타난다. 분명한 것은 조리개 우선으로 스피드가 고정되어 있고 F값을 줄이며 감도를 올리는데도 꽃잎의 보케를 정확히 잡을 수 없다.

어라, 좀 전 마신 맥주에 취했나?

카메라 바디에는 85mm 대구경 단초점 렌즈가 꽂혀 있다. 구김살 없이 밤거리를 즐기는 표정들을 촬영하기로 했고, 폭과 화각을 넓혀주는 초광각 렌즈가 내겐 없다. 그렇다고 포토샵에서 만들어 내는 인위적인 Focus Stacking은 싫고 그날 그 순간의 기억과 감정을 그대로 남겨 두는 인포커스를 선택한다. 대신 밤거리 왕관 쓴 가로등에 살짝 시든 꽃잎 위로 밤 8시 25분의 성령(性靈)이 깃들게 한다.

갈매기의 하루

팔딱거리는 도미를 놓치지 않기 위해 꼬리부터 급하게 넘겼다. 재수 없게 목에 가시가 걸려 애먹다가 토해내었다. 오늘은 바닷가 언저리를 돌며 차분하게 먹잇감을 찾기 위해 한가하게 날개를 펴고 두루두루 나르다, 바람 없고 날씨도 맑아 부두에서 한 시간가량 떨어진 멸치 어선들이 일하는 곳으로 날아간다.

가쁜 숨소리 잠재우고 일하는 어선을 중심으로 그물이 올라올 때까지 동료와 경쟁에서 뒤지지 않게 주변을 주시한다.

30여 분이 지나자 촘촘한 그물코에 걸린 큰 멸치가 가을날 파란 하늘을 밝게 비추는 은빛 눈송이가 되어 줄줄이 올라온다. 그물에서 떨어져 죽어 널브러진 멸치가 어선 주위 바다 위에 널널하다. 오늘은 동료와 다툴 필요 없이 횟감을 갖가지 양념에 찍어 먹듯 맘 편하고 여유가 있어 포식하는 날이다.

알래스카 호머(Homer) 2007. SEP

양산춤

가슴 펼쳐 놓고
전통 양산춤을 추려 하나
떠드는 주변 사람들로
흘러나오는 곡조에
집중 못 해 쩔쩔매다가
서툰 동작으로
춤을 망치고 말았다

열나흘 밤낮
집 마당에 멍석을 깔아놓고
동네가 시끄럽도록 음악에 맞춰
버선 신은 발바닥이 멍들고
온몸이 뻐근하도록 연습해
익은 봄날, 봄의 정령을
온몸으로 표현하려던 춤인데
그만 바스러진 몽당빗자루를
만들고 말았다

아버지의 짠한 위로에도
죽비처럼 내려앉는 슬픔이 이는데
하늘에는 홍매화 꽃잎이
너울너울 풀어헤치고
붉은 머리 솟아오르는
뭉게구름이 피어나고 있었다

빙화석(氷化石)

봄철이 다가오자 쌓였던
눈은 이슬처럼 녹아내리고
그동안 비축해 놓았던
먹거리가 거의 동나자
주인은
며칠 먹을 음식과 긴 총을 준비해
썰매에 열두 마리 개를 묶고
바다를 향해 달려갔다

엿새째 주인 없는 빈집은
창문에 맴도는 바람 소리만 거세고
눈에 파묻혀 있던 개밥통도 굴러다닌다
내 몸은
이른 봄비에 야위어만 가고
먼바다를 향해 쳐다보다가
주인을 기다리는 개의 형상,
*빙화석이 되어 버렸다

곧 주인이 도착할 이 집에는
잡아 온 바다사자를 해체하기 위해
닫혔던 문 열리고, 훈연실에 사용할
장작을 패며
주위는 따스한 훈풍과 매캐한 연기가
굴뚝으로 배출되는 꿈을 꾸며
앞마당에서
나는 두 귀를 쫑긋 세우고
먼바다만 쳐다본다

주인과 열두 마리 개들이 도착하는 순간
나는, 완연한 봄비에
실려 갈 것이다

*얼음 화석
*Alaska Barrow seaside(2009, Mar)

시시포스의 둥지

휘영청 열사흘 달 뜰 무렵
바닷속에는
먹을 만한 생선은 다 어딜 갔는지
잔챙이들만 있어도
자식새끼를 위해
힘들고 애타게 물속 깊은 곳까지
먹거리를 찾아다니다가
머릴 물 밖으로 내밀면
주변은 둥근달이 넓게 울렁거려
참 쓸 · 쓸 · 하 · 다

....
....

사는 일은
내 뜻대로 되는 게 아니고
인, 생, 복, 락은 다 하늘의 뜻이라
생피 같고 생살 같은
내 두 마리 토끼와
잔소리만 해대는
마누라를 옆에 끼고
사나운 범고래가 근접 못 하는
바위 중간쯤

시시포스의 둥지에 올라
방아 찧는 보름달을 보며
살아생전 할머니와 할아버지의
베적삼이 콩콩 냄새나는
옛이야기를 준비한다

개썰매

아침이 온통 눈부시다
며칠간 내린 눈발은
온 누리에 펼쳐져
세상은 제 모습 숨기고
초승달 그 빛마저 해치지 못하게
알래스카 북반부의 겨울은
낮의 길이가 짧고 밤은 길기만 하다
그래도 술 먹고 길거리에서
동태가 되지 말라고
뾰쪽한 집 꼭대기가 드문드문 보인다

아침 공기가 냉동실 온도인데도 목구멍은 포도청이라 눈곱 닦
으며 잠자는 개들을 깨워 몇 군데에 배달은 한다마는, 마누라가
운영하는 햄버거 가게에 가끔 사주팔자 지랄 같은 대여섯이 모
여 죽치고 앉아 일곱 패 화투짝이 내 손아귀에 신명 나게 놀아
날 화투장을 생각한다 각각 실눈으로 상대방을 꼬나보며 수를
가늠하지만, 국방색 담요 위로 던져지는 화투짝에 달러 지폐가
일장지간(一場支干) 복병이 된다

순간,
돌아오던 길에 길잡이가 갑자기 낑낑대며
거친 숨소리 내며 절뚝인다
유리 조각을 밟았다 싶어

잠시 멈추고 길잡이의 다친 발에
가죽 양말을 신기고
눈 위에 회초리를 치며
힘찬 소리를 지른다

"빨리 집에 가자. 앞~으~로, 앞~으~로,"

반딧불이

컵라면과 생수 몇십 개
차에 싣고
목적지 동부로 향해 달려간다

동부 해리스브르그에 들어서자
빗방울이 조근조근 차창을 때리는
습한 밤인데
성냥 켤 때 이는 연녹색 불빛들이
달리는 차량 앞 유리창으로
돌진해 오다 즉·사·한다!

먹먹해진다
슬퍼할 수 없어
갓길에 차를 세웠는데
빗속의 어둠을 뚫고
헤드라이트를 향해
사랑을 위해 꼬리에
그대 향한 등불을 켜고
계속해서 날아든다

순간
'어제도 오늘도 아니 잊고
먼 훗날 그때에 잊었노라'는
부재에 대한 미래를
사랑의 현재적 영원성을
노래한 김소월의 '먼 훗날'이
불현듯 떠오른다

그대들이 사랑놀이를 위해
즐겨 찾는 개울가를 찾아
조곤조곤 떨어지는 비를
나는, 우산을 펼쳐 들고
연녹색 불빛 세레나데를 들어 본다

아틀리에

불빛이 이동하지 않는
낡고 비좁은 아틀리에에서
남성 모델을 세워놓고
점토로
보이지 않는 내면과 영혼의 실체를
한 점씩 뜯어 붙이며
작은 창칼과 끌(鑿) 등을 사용하여
만들어 나간다

모델의 외면에 비치는
근육의 밝고 그늘진 선을
축소된 인간의 본모습으로
하나씩 사실적이면서도
예술에 의한 영감을 불어넣는
꿈과 욕망 의식의 개념들을
자신만의 뜻대로 담고 싶어
종이에 데생해보면서
여러 형태로 외측에서 새기거나
부분적인 곳에 깎기를 계속하며
초췌한 인체
근육이 살아 움직이는 듯한 인체
그럼에도
초현실적 작품을 만들어야겠다는

강렬한 욕구에
추상과도 같은 충격적 그림을 그린
피카소의 작품과 접목해
사람의 영혼을 창의적으로 형상화하며
극적인 표현의 형태를
조각에 사람을 담고
또 다른 영혼을 담기 위해
네 가지 크기별 형태로
기초적 조각을 완성한다

모델을 다시 불러
똑같은 조건에서
만들어 놓은 작품을
하나씩 분석
최종적으로 선정해 간다

선술집

마악 짙어지는 노을을 뒤로하고 멕시코의 한 선술집에 들어가 맥주 두 병을 시킨다 중앙 테이블엔 기타와 피리로 남미 계통의 곡을 생(生)으로 연주하고 있다 구슬프고 아련한 남미풍의 곡은 누구의 것도 아닌 공통의 가락으로 가슴에 얹혀 준다 어느덧 내가 살아왔던 삶의 일부분 중 아름다웠던 시간과 슬프고 격렬했던 순간들이 떠올라 음률은 점차 분노와 회한의 잔이 되어 사금파리 위를 걷게 한다 천장에는 은은한 조명이 돌아가고 그 속엔 꽃 피는 소리, 오로라 앞세우고 총총총 돋아나는 별들이 빛나는 소리, 황혼으로 달려가는 영혼의 소리가 보인다 동행한 친구에게 권한다 우리가 현과 활이 되어 한 잔 마시세 그려!

인간 새

점심 먹기가 뭐해 토스트 한 조각 입에 물고 작업실 베란다에
나와 스케이트보드 타는 젊은이들을 본다. 높은 곳에서 아래로
내려가는 힘찬 액션을 보며 슬그머니 똑딱이 카메라를 주머니
에 넣고 마실 나간다. 그들끼리 푸쉬 오픈 자세가 나쁘니 힐플
립과 공중에서 수평을 만들어 착지하는 알리가 어쩌니, 알아듣
지도 못하는 이야길 해대며 휠에서 소리가 윙윙거리며 높게 올
라 공중에서 새처럼 자세를 바꾼다. 스케이트보드로 인간 발바
닥에서 만들어 내는 하늘길, 대지의 경계를 상하로 무너뜨리는
세찬 바람이 되고 햇빛과 바람의 잔치에 한 마리 새가 되어 그
리움을 쫓는다.

바다 이야기(1)

모닥불 타는 소리를 들으려 허기 달래며 파도를 기다린다. 굵게 치솟은 파도를 딛고 일어서다가 꼬꾸라져 퍼마신 바닷물이 세 바가지가 넘는다. 굳은 의지로 몇 번이나 수놓듯 가슴을 대고 두 팔과 두 발을 딛고 어렵게 일어선다. 오작교를 건너지도 못하고 또다시 훌러덩 물에 빠진다. 애가 탄다. 굵게 달려오는 파도에 자유를 찾은 나비가 되기 위해 기다리고 또 기다린다. 언제쯤 바다에서 자유가 있을까?

그러다 대판 몸살이 난다 며칠을 끙끙대면서도 화려한 무대를 꿈꾼다.

밤바다에서 바닷속 이야기, 바람과 파도 소리, 별들이 살아온 긴 이야기를 들을 거야. 툴툴 털고 일어나야 하는데 이별이 깊다. 기다림이 너무 길다. 나 그대 알았던 백사장 한 모서리에 백일홍 하나 심어 놓으려니, 물고기 숨 쉬고 그 나무 자라서 꽃 피우면 지금의 괴로움쯤은 꽃잎이 되어 훌훌 날아가 버렸을 거야.

바다 이야기(2)

아흐, 여기에도 오솔길이 있네
뻐꾸기가 앉았던 자리에
매니큐어 칠한 붉은 게가
다른 게와 입맞춤하고
배추밭과 무밭 고랑엔
잡풀이 무성해
바람에 출렁출렁
춤추고 있다

아흐, 여기에도 초가집이 밀집해 있네
골목을 쏘다니는
호박엿 가위질 소리에
이곳저곳에서 찌그러진
주전자 냄비를 들고 나오다
어른들이 쫓아오자
어린놈들은
후다닥 낡은 창고 속에 숨어버린다

아흐, 낮에는 이들의 삶터를 위협하네
갖가지 창칼로 인신매매 당하고
버려진 쓰레기와 깡통 식품으로
빈 배를 채워
나태한 빈민촌으로 형성되어 가고
부유(浮游)하는 비닐류와 깨진 유리병이
목을 옥죄게 하니
화들짝 놀라게 한다

아흐, 밤이 오면 창문 두드리는 소리가 들리네
파도의 손짓
밤새워 걷는 무리들
달과 별빛 속에 반짝이는 그리움이 있기에
갈치와 오징어 떼가
밤바다를 발광(發光)하며
새로운 꿈을 안겨준다

하루살이

짙은 안갯길 늪가와
물가 숲속 꽃길에서
왕성한 청년의 날갯짓을
담금질하다가
초록빛 황금 희망을 품고
거친 세상을 향해
겁 없이 뛰어들며
하늘 높이 공을 올려
생의 두 갈래 길을
두려울 것 없이 대응한다

밤이 되면 혼인비행하며
긴 앞다리로 암놈을
껴안아 짝짓기하고
물속에서 그리움을 생산하며
자신들의 삶은
단 하루의 허물에서 벗어나
아름다운 불빛처럼
영혼의 그림자가 되어
밤이슬 속으로
생을 접고 사라진다

제5부

대머리

해 질 녘
-한 해의 끝자락에서-

한 해의 마지막 날이
생의 한 자락을 물고 수평선 너머로
해 지고 달 뜨면
해묵은 온갖 희로애락을 다 갖고
떠나갈 거야

지상에서 다시 볼 수 없는
2020의 물결과 새로운 2021의 별빛이
부딪치는 이 밤에 천 개의 귀를 열고
가만히 인생의 의미와 목적을
되새겨 볼 거야

한해를 새롭게 맞이해야 할
내 운명은
때에 찌든 거리를 쏘다니며
탑만큼 쌓아 올린 삼독은
밟은 못자국만큼 밟고 갈 거야

*2021년 송구영신을 위한 시

놀이터

도심 부근의 경사진 넓은 터에 듬성듬성하게 주택이 있다 낡고 오래된 집들은 도시 개발의 붐으로 한 채씩 뜯겨 나가고 그 자리에 새로운 집들이 들어선다 이곳 마을회관 앞에 주차된 노란색 자동차는 껍데기만 남아 있다 이 차는 오래전부터 어린애들의 놀이터 중심의 공간이 되어 있다 동네 아이들은 운전석에 앉아 노랑색 마음이 되어 라이브하며 상상 속 이야기에 정신이 팔려 있고, 젊은이들도 이곳에서 자동차 옆 나무 그늘에 서서 핸드폰에 찍히는 새로운 광고를 보며 새 세상을 희망차게 이야기한다

새것만 추구하다가 내 고향과 동심이 사라진다는 사실과 잃어버린 흔적을 찾아내느라 선 채로 망향석(望鄕石)이 되는데…

오로라

내일 나는, 내가 사는 곳으로 돌아가야 한다

일주일 내내 몇 시간 안 되는 낮엔 들개처럼 바깥을 쏘다니고, 긴긴 밤엔 창가에 붙어 있는 침대에 누워 불 끄고 하늘만 쳐다보다 아침나절 잠들었다 오늘 밤도 영롱하게 빛나는 별을 보며 오로라가 나오기를 기다린다 알래스카 주기(州旗)는 푸른 바탕에 주걱 모양의 북두칠성이 있고, 오른쪽에는 큰 별 북극성이 그려져 있다 참 단순하다 오로라를 중심에 넣고 두 별자리를 그려 넣으면 미적인 주기가 될 텐데, 엉뚱한 생각을 한다

새벽 1시다 잠이 들지 않게 눈꺼풀을 계속 만지며 눈은 하늘로 향한다 드디어 오·로·라다! 담배 연기처럼 길게 늘어져 활발하게 흐른다 새벽의 여신 오로라가 금방이라도 연둣빛 속에서 걸어 나올 것만 같다 오로라가 흐르는 주위의 별은 더욱 반짝인다 별로 형성된 점이 아니라 별을 심어 놓은 것이다 순수한 조형 요소를 활용한 대작이다 고고하게 흘러내리는 오로라의 찬란한 색과 별빛은 웅장한 천제를 보는 듯하다 그 속에 피카소가 캔버스에다 세상을 향해 빛을 뿜어내고 있다 반고흐가 보인다 테오에게 "별이 반짝이는 밤하늘은 늘 나를 꿈꾸게 한다 … 창공에서 반짝이는 저 별에 왜 갈 수 없을까?"라고 편지를 쓰며 자신의 죽음을 예시한다

오로라 흐름의 선과 색을 넘어 더 아름답고 높은 경지가 눈앞에

보인다 흘러내리는 오로라 속에는 빨강, 노랑, 파랑으로 별들이 물든다 캔버스 안에는 나의 얼굴도 함께 빛을 뿜어내고 있다 잘못 살아온 내 인생을 그곳에 묻고, 망각이라는 별이 되고 노래가 되어 내 가슴 속으로 흘러들어 오고 있다

얼마 지나자 오로라는 사라진다

다시 창밖에는 흰 눈이 내린다 고요히 깊어만 가는 밤이다 밤이 깊으면 깊을수록 지난날 정신적 병마로 신음할 때 허둥대며 밖으로 나돌기만 했던 일이 참회의 눈물로 되새겨진다 유독 이 밤은 외로움과 괴로움에 지치도록 흰 눈이 내리고 쌓인다 벌거벗은 자아의 모습이 보이는 듯하다
마른 목젖을 꿀꺽 삼키며 북극성과 북두칠성을 찾는다

- 『한국사진』 2013년 1월호(통권 390호)

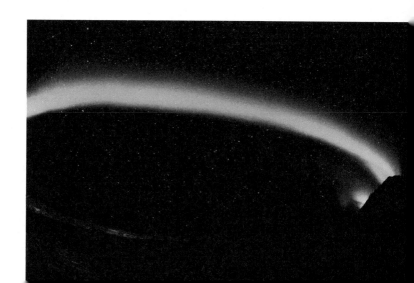

참새

오늘은 어디로 갈까, 어디서 무엇할 것인가?

나뭇가지에 있던 둥지는 오래전 잃어버렸고 어딜 돌아다니는
지조차 기억하지 못하고 습관처럼 길을 나선다 낡은 교회 종탑
과 불탑 위에서 궁핍한 세상살이 사연들을 오지랖 넓게 훑고,
듣고, 비교하면서도 방앗간 주변에서 "후어여 후여!" 쫓고 쫓기
며 쭈그렁 망태로 하루살이 삶을 연명한다 그러다가 노래방에
서 마이크를 잡고 "세상이 왜 이래, 왜 이렇게 힘들어, 테스 형"
이라며 뜬금없이 유행하는 노랫말, 삶의 애환을 소크라테스의
"너 자신을 알라"는 명언에 빗댄 트로트 가수의 노래가 허허롭
기만 하다

산다는 것은

이곳 봄날 산골 마을에는 바위가 많아 계곡에서 불어오는 산바람이 천지를 초록으로 바꾼다 천 년이나 되었다는 고목 밑동에서도 깍지 끼고 굵게 솟아오른 뿌리에도 새싹이 돋아난다

지난겨울은 유난스러운 추위로 덫에 걸린 올빼미처럼 다들 구들장군이 되어 있다 나는 수염 더부룩한 허수아비가 되어 마른기침하며 평소 등짐을 지고 류머티즘으로 걷기 운동을 제대로 못 해 두 다리는 진통이 더 심해졌다 며느리가 류머티즘에 고양이탕이 좋다며 어렵게 구해주어 몇 번이나 데워 먹었는데도, 지팡이에 구걸하는 신세가 되었다
오늘은 쪼글바가지 얼굴을 면도하고 따뜻한 봄 햇살 아래 동네의 터줏대감 고목 옆에 지팡이를 짚고 앉았다 아침 먹고 나면 "에~헴" 하고 이곳에 모여 장기·바둑 두고 네 등 내 등 서로 긁어 주며 동네 길흉사를 이야기하던 몇몇은 이미 북망산천으로 떠났다 이제 남은 옆집 길순네와 건넛마을 명수네뿐이다

이적지를 떠나지 않고 꼬랑 할매·꼬랑 할배가 되었는데도 만나기만 하면 소 몰던 목동 시절, 복숭아 손톱에 물들이던 뻐꾸기 노래하던 시절로 돌아간다 부부싸움이 나면 맞장구보다는 늙은 보살이 되어 한 마디씩 거든다
"아이고 웬수야, 네가 그런 실수하면 어떡해? 서로 아껴주어야 오래도록 얼굴 맞대며 사는 거여 장작도 장작끼리 서로 맞대지 않으면 불꽃을 피울 수 없는데 저승 갈 때 누가 꽃신 사 줄 거

야?"
"야이 자슥아, 그래서 니 마누라가 먼저 꽃신 신고 저승 갔냐?"

산다는 것은,
천지신명도 모르는 전생의 인연으로 결혼하고, 자식 팔자 상팔
자 되고 건강하라 시도 때도 없이 부자되라 기도하다가 하루하
루가 저문다

영도 다리

"영도 다리 밑에 있는 아버지 찾아가라!"고 농(弄)이 유행하던 중학교 시절, 영도 다리는 일엽식 도개교(跳開橋)로 상판은 목재, 영도 쪽 다릿목엔 해 질 녘이면 카바이드 등(燈)이 달린 노점 손수레 포장마차가 하나씩 들어섰다. 중앙동 쪽 다릿목의 한낮에는 길바닥에 숱한 사연을 점(占) 보는 노점상들이, 밤에는 천막촌에 들어선 점집들이 불야성을 이뤘다.

영도 다리 난간에 서면 아직도 비릿한 오줌 내음이 훅 다가오는 것 같다.

8·15광복 이후 생활고에 지친 이들에게 이곳은 애환과 망향을 달래주던 다리이며 자살다리다. 6·25전쟁 당시는 친인척을 찾을 수 있으리라는 막연한 기대로 만남과 약속의 장소가 되었고, 생활고와 이북에 두고 온 처자를 잊지 못하는 피란민들의 그리움을 달래주는 넉넉한 품성의 다리가 되어 온종일 북새통이었다. 밤이 되면 영도 쪽 다릿목 피란민들은 깡소주와 막걸리에 김치 한 조각과 홍합 국물로 그리움과 아픔을 삼켰다. 밤이 깊어 가면 달빛에 출렁이는 남항(南港)에다 구토하기도 하고 오줌발을 갈기며,
"엿·같·은·이·놈·의 세~상!"

이들은 이곳에 모여 애환과 피눈물의 고름을 칠툭칠툭 터뜨렸다.

> *영도 다리:　1934년 완공
> 1968년 5월 20일 도개 폐쇄
> 2013년 11월 27일 도개 재개

탄생

태초부터 변하지 않는
관습이 하나 있다

이 길은
아버지의 아버지부터 살아왔고
어머니의 어머니부터 함께해
그 아이의 아이들이 태어나는
변함없이 이어지는 두레박질이다

이 출산은
장시간 찾아오는 진통을
제 몸으로 주체하지 못하고
입술에 머금은 얼음 조각이
사방천지 붉은빛으로 튀는 숭고한 일이다

맨몸으로 달려 나온 자식을
온몸으로 넉넉히 받아주는 사랑은
햇빛 빛나는 영원한 어머니의 강이며
고향집이다

공놀이

허기진 저녁 해
노란빛 컨테이너에 머물며
긴 그림자를 만들어 낸다

세상 풍파 다 겪은
옹이투성이 할아버지는
어린 손녀를
"어이구 내 새끼!"
환하게 웃으며 중얼댄다

폴짝폴짝 날갯짓 걸음마
날마다
곱고 푸르게 피어나라

해변의 햇살

햇살이 쏟아지는 해변은
해맑은 아이가 불쑥 나타나
악수를 청할 것만 같아서 좋다

먼지 낀 도심의 안경은
마냥 닦고 닦아도
잘 보이지 않는 세상과 달리
햇살 쏟아지는 해변은
단순한 아름다움도 멀리 볼 수 있어 좋다

꽃이 먼저 피고
잎이 다음에 나오는 나무처럼
아이의 율동이 피는 바닷가의 풍광은
햇살처럼 맑은 삶의 순리가 보여 좋다

– 한사협 2009. 10. 3. 포토에세이

노인의 하루

동틀 때쯤이면 노인은 준비한 가자미를 들고 선착장에 묶어 놓은 자신의 배를 몰고 바다로 나간다

등대를 지나 섬 부근 자신의 영역에 떠 있는 부표를 찾아 통발을 하나씩 건져 올린다 통발 속엔 바닷가재들이 엉켜 있으나 암놈과 어린놈은 다시 바다로 돌려보낸다 큰놈은 한 마리씩 통에 꼬리부터 넣고 집게발에 고무밴드를 끼우곤 박스에 담는다

빈 통발에 미끼 가자미를 넣고 다시 바닷속으로 던져 놓는다

멀리서 보면 평화롭게 보이는 풍경과 달리 녹록지 않은 어부의 생활이다 집에 돌아오면 피곤했던 일과라 샤워하고 밥 몇 술 뜨면 금세 잠이 든다 칠흑 같은 어둠 속에 등댓불과 노인 배의 등불이 바닷가재를 놓고 서로 삿대질하며 다투는 꿈을 매일 꾼다 해마다 수확량이 줄어들어 매일 작업하던 일은 사흘에 한 번씩 한다 안 잡히는 것도 삶의 일부분이라 위로하며 작업 없는 날은 배 위에서 찢어진 통발을 수선하며 내일이라는 희망에 기대게 된다

일과를 마치고 선착장에 배를 묶어 놓고 돌아서는데 석양이 아름답게 눈에 들어온다
저 노을처럼 나의 인생도 아름답게 마무리했으면 싶다가도 먼저 저세상으로 간 아내 생각에 사는 게 목메게 슬픈 일인가 싶기도 하다

이랑

한여름 더위에도
두꺼운 헬멧 쓰고
조형물 자락을
벼랑 끝으로 몰고 간다

통증은 속살을 할퀴며
선홍빛 불꽃이 되어
사방으로 날아가며 춤춘다

아궁이 장작불
시커멓게 거스른 냄비 옆으로
불꽃과 별빛이 부딪히며
흔적 없이 사라지는 참깨알들은
천 개의 귀 열고
호독호독 튀며 콩 볶는 소리 낸다

아아! 그곳은 태초의 자궁 속
죽은 것과 산 것이 함께 기거하는 곳
우주의 근원을 따져 무엇하리
생경한 불빛 속에
이랑을 넘나든다

대머리

오래전이었다
통장에서 꼬박꼬박 적금 빠져나가듯
자고 나면 머리칼이 한 움큼씩 도망치듯 빠져
내 살아 있을 때 이혼 판결문에
어렵사리 도장 찍듯 종지부를 찍었다

주방장이 만드는 음식에
참새똥 빠질 리 없고
가끔 가까운 선술집을 찾아 들어가면
내 또래 친구와 사방천지 빚이 넘실대는
갖가지 여명(餘命)은 웃음거리가 된다

발모제를 헐레벌떡 눈치코치 백방으로 찾다가
시인의 집 한 채 값을 날렸는데
허기진 맘보, 삶은 오리무중
제 상처를 핥듯 찢어진 생(生)의 생살을
가발로 덮을 필요는 없다

그래도 먹먹하고 낯선
밑 빠진 항아리 같은 자유를
날마다 거울 보는 것이 두렵긴 하지만
사람 밭의 개떡 같은 사건들을
시시덕거리며 하루치기 사람 밭을 가꾼다

당당하라당당하라당당하라당당하라

이별

이곳 거리와
그곳의 거리
집들과 골목에 있는 가로등
사람들을 옥죄는 CCTV
우리를 하나로 묶는 것은
이별이거니
슬픔의 큰 꽃다발이거니
배반하고 배반당하는 사랑이거니
노란 줄 벽돌길에 뿌리는 빗방울은
누에처럼 꼼지락거리는
미움의 정이려니
그리움의 쓸쓸함이려니

고드름

눈 내리는 날
산속 깊은 곳의 산장을 찾아
긴 목도리 두르고
인적 잃은 숲속
눈길을 거닐며
하루를 내려놓는다
밤새도록 펑펑 내린 눈은
앞마당을 봉긋하게 덮어버리고
지붕 골을 타고 내린 고드름은
처마 끝에 길게 붙어
종유굴의 석회석이 될 것인지
이별할 것인지
숨죽이고 길게 정지한 채로
아침을 맞이하고
산까치는 나뭇가지에 앉아
우짖고 있다

파도

여름 한낮
매미가 은행나무에 붙어
그악을 떨며 울어대자
손자는
참외, 수박 잘라 플라스틱 통에 넣고
사이다도 한 캔 들고
갈매기 날고 물거품 흩날리는
바닷가 백사장에 가자며
손을 당긴다

파도가 활처럼 휘어지자
그 아래로 서핑 보드가 지나가고
바다오리 제 입에 생선 물고
푸른 소리를 만들어 내면
사물놀이 한마당 굿거리장단에
열두 발 상모의 고갯짓
제자리를 빙빙 돌고 돌다가
쏴~아
하얗게 맷돌질한다

제6부

비 오는 날

코로나 19

중이 제 머리를 못 깎는다는데 그게 아니다.
오래전부터 나는 거울 앞에서 가위 들고 혼자 춤추는 연극인 신
세가 되었다.

외출할 때 마스크 쓰고 거리두기하고 마켓에 들어가기 위해 길
게 간격을 두고 차례를 기다린다. 얼마나 불편하냐? 그래도 아
침이 되면 창문을 열어놓고 도시 거리를 걷는다. 맞은편에서 오
는 상대에게 인사 대신 자릴 피해 다른 곳으로 지나친다. 오히
려 함께 걷는 강·아·지가 이상한 표정으로 서로를 쳐다보는
세상으로 변했다. 이런 기간이 너무 길·기·만 하다. 꽃, 나비
와 새들과 벌들이 혼자 살아갈 수 없듯이 멸치 떼처럼 죽으나
사나 함께 살을 비비며 일상의 소소함을 대화하며 살아야 한다.
이웃과는 어려운 시기일수록 겨울 소나무처럼 꿋꿋하게 버티며
평화와 굳은 의지를 함께 공유해야 한다.

인터넷으로 1차 코로나 모더나 백신 접종을 신청한다. 정해진
날짜와 시간에 LA 야구장 입구에서부터 길게 늘어선 외줄의 차
선으로 빼곡히 들어선다. 안내자는 약물, 백신, 음식 알레르기
에 이상 없다는 대답을 들곤 간호사가 주사 놓고 2차 접종 예약
날짜가 적힌 확인서를 내게 건네준다. 만약을 대비해 15분간
주사 쇼크 반응을 살펴본 후 차를 움직여도 좋다고 허락한다.
한 달 뒤 정해진 시간에 2차 백신 접종을 하고 2차 확인서를 건
네준다. 며칠 뒤 여·행·해도 좋다는 QR코드가 인터넷으로

도착한다.

문제는 변이 코로나가 계속 창궐한다니 독감 예방약처럼 정·
규·적으로 맞아야 하는 것은 아닐는지….

달려라

나는 중장거리 육상 선수로
여러 곳의 경주 대회장을 돌며
더 빨리 더 멀리 지치지 않고 달리는
직업 선수다

평소 토끼 껍질로
어떻게 달리면 더 빠르게 달릴 것인지
야외와 실내에서
과학적인 기획에 의해
주인과 함께 연습한다

오로지 금메달을 입에 달고 다니는
주인을 위해
케이지 문이 열리는 순간
다른 선수와 함께 달려나간다

주인의 음성이 들려온다
달·려·라·달·려·라
더 빨리 달려라!

제일 먼저 도착하기 위해
혓바닥이 밖으로 나와
목구멍이 막히고

두 귀가 하늘로 나르고
눈에서 물결과 별빛이 부딪히는
소리가 들리도록
온 힘을 다해 달린다

등대와 갈매기

바다는
끝없이 펼쳐져 있고 내리쬐는 햇살은 눈부시게
광활하다

등대는 밤바다의 한줄기 불빛이
망망대해로 뻗어 나가
희망의 불씨가 되는데
이곳은 주변 상가 틈에 끼여
껍데기만 등대이고
아랫간 벽은 안내소이다

주말이면
요트와 관람선으로 빈 선착장은 찾기 어렵고
바닷가는 차량, 식당과 선물 센터로
찾아오는 관광객들은 북새통
등대는 만남의 장소로 정해진 지 오래다

식당 지붕 꼭대기나 배 돛대에서
주변을 주시하는 몇십 마리 갈매기들은
한때 빛나는 생의 두 날개와 날렵한 몸으로
두려울 것 없이 바다를 질주했다

나이 들어 바다 한가운데를 날며

일할 능력이 떨어지고 목구멍은 포도청이라
이 배 저 배에서 낚시꾼들이 원하지 않는
불필요한 생선을 바다로 던져버리는 것과
식당 주방 쓰레기통에 버려지는 부산물인
대가리와 지느러미, 생선 가시와 검붉은 핏방울까지
허겁지겁 먹어 빈 배를 채운다

해는 서녘으로 넘어가고
등대 담벼락 쉼터에 앉아
꾸벅꾸벅 졸던 갈매기가
아이들이 롤러 블레이를 타면서 먹고 있는
스낵 *프리토스 비닐봉지에 눈을 두며
지나간 생을 되새김질하며
눈물 한 방울 훌쩍 흘리고는
밤하늘을 기다리고 있다

*프리토스(Fritos)는 봉투에 들어 있는 스낵 종류

사진 : Marina Del Ray Light House

조슈아 트리

조슈아는 키가 12미터까지 자란다. 봄이면 가시 돋친 나뭇가지에 2.5센티미터 안팎의 우윳빛 꽃 군단이 들어선다. 1851년 모르몬 교도들은 총격과 방화 등 많은 위협으로부터 이주를 결정한다. 만 명 가까운 신도들과 함께 그들이 원하는 약속의 땅, 솔트레이크로 가기 위해 동부에서 서부로 가던 중 지름길을 선택한다.

물 없는 사막을 통과하던 중 떡 하니 버티고 서 있는 나무숲을 보며 부근 어딘가에 물이 고여 있을 것이라고 확신한다. 안 그래도 마실 물 때문에 항상 걱정거리인 그들이기에 전체가 꿇어앉아 눈감고 통성 기도로 "물 좀 주세요!" 하고 외쳤다. 한참 통성 기도 중 누군가가 "조슈아(여호수아)가 석양에 두 팔 벌리고 서 있다!"고 외쳐댄다.

촐라 칵투스(Cholla Catus) 선인장군(群)을 벗어나면 이곳에서 오줌발같이 가늘게 흘러내리는 유일한 오아시스가 나온다.

문신

문신(Tattoo) 가게 윈도우에는 다양한 종류의 패션이 즐비하다. 이 유행은 문화와 예술로서 정착하게 되었으며 장르별 문신작가까지 생겨났다. 쉽게 노출되는 운동선수와 연예인들은 패션 아이콘으로 이용한다. 운동경기장과 길거리에도 팔과 목 다리 등에 문신한 젊은이들을 쉽게 보게 되고, 흑인들도 보란 듯이 문신 유행에 참가하고 있다. 새로운 이미지를 보이기 위해 아픔을 참아가며 몸 특정 부위에 자신이 원하는 그림을 헤나 염료를 사용해 레이저 시술로 다양한 색상을 넣는다. 타투는 예술과 불법의 경계에 서 있다. 이는 현대 생활에서 느끼는 감정을 자신의 신체에 학대를 가해 얻어지는 아픔과 기쁨의 이미지를 타인에게 알리려는 가혹한 미적 본능이 아니겠는가?

문신(文身) 중 문(文)은 인문학의 핵심 단어다. 인간과 사회, 그리고 하늘의 뜻이 담겨 있다. 이 단어의 의미대로 특정 부위에 상형 문자를 넣은 것도 보인다. 그러나 신체에 해를 입힐 수 있는 각종 합병증과 죽음 같은 치명적 결과를 가져올 수도 있는데도 멈출 기미는 보이지 않고 계속해서 번져 나간다.

비 오는 날

요즘은 비 오는 날 우산처럼 낭만이 있지 아니하다

국내외 뉴스를 보다가 미국 서부 워싱턴 오리건 캘리포니아 등지의 대형 산불은 천둥에 놀란 개 뛰듯 사십여 명과 멀쩡한 주택 수백 채를 잡아먹었다 한낮 태양은 심한 연기로 연붉은 보름달처럼 앙당그레하게 떠 있다 코로나(COVID-19)로 멀쩡한 사람이 죽어간다 세상은 온통 마스크로 숨이 퍽퍽 막혀가는데도 식당, 커피점, 이발소, 유흥 시설에는 들어가지 못하게 경고문을 입구에 붙여놓고는 11월, 59번째 대통령 선거엔 빠짐없이 참여해달라는 전화 편지 세례를 퍼붓는 미국, 태평양 건너 두 전현직 법무 장관의 말은 거품 내뿜으며 헛발질만 해대는 주전자 속의 게처럼 서럽다 그리곤 이편저편으로 나뉘어 쏟아내며 앞뒤 안 가리는 사람들의 말·말·말에 지쳐 파김치 같은 날이 계속된다

비 오는 날
호숫가에 서면 빗방울은
동그랗게 톡톡 그림 그리며
낭만과 그리움을 이야기하는데
빈 가슴 빈 머리에 잇속만 꽉 찬
세상의 이야기들을
커다란 연잎이 덮어버리고
빗소리는 점점 더 큰 소리로

인제 그만 들으라 한다

꽃 피면 꽃 지는 거
바람 불면 바람 자는 거
일어서면 앉는 게 편하고
앉는 것보다 눕는 게 편한 거
흥망성쇠 세상살이는
빼앗고 빼앗기는 싸움판인 거
이 모든 삼라만상이
저 연잎 위에 있어
빗방울은
닭똥 같은 눈물로
생불(生佛)의 깨달음을 주는 것 아니겠는가

암벽 타기

지대가 튼튼하다고 믿는 순간
죽음을 두려워하지 않고
수직에 가까운 칼벼랑
암벽 타기를 시작한다

단련된 팔뚝과 강한 손목
하체의 유연성을
최대한 이용하면서
정확한 판단을 위해
날카로운 눈빛과 감각으로
개구리처럼 굽힌 무릎을 펴면서
두 팔과 두 다리를 사용하며
땀으로 미끄러지지 않기 위해
뒷주머니에 담겨 있는 송진 가루를
손바닥과 손가락에 바르면서
허리에 묶인 밧줄을 위로 이동하며
꼭대기로 향해
오르기를 반복한다

가끔 암벽에 붙어 휴식하며
넓은 세상을 보기도 하고
바람에 출렁이는 지평선도
도도한 자신의 목숨이

열 손가락에 붙어
춤춘다는 것을 느낀다

인생이란
결국 산양처럼
혼자
외롭게 암벽을 타는 것
생로병사 과정인 것을 체득한다

펠리컨의 삶

높은 곳으로 비상하여
넓게 펼쳐져 있는 곳을 보며
통통한 먹잇감을 향해
바다로 뛰어들다가 긴 목을 다쳐
목구멍이 포도청이라
피어(Pier)에서 낚시꾼들이 낚은
생선의 비늘을 손질하며
남은 내장과 부산물 버리기를
목 빼고 기다리며
얻어먹는 신세가 되었다

그동안 하늘 높이 나르는 자유와
뛰어내리는 전율을 느끼며
긴 주둥이로 생선을
한 방에 낚아채는 승리감과 탄력감은
이미 잃어버렸지만
이렇게 얻어먹는
존재감은 슬프기도 하지만
절망을 넘어서서
시련을 두려움 없이
영광스럽게 정복할 수 있기를

구름이 끼다 비가 내린다
낚시꾼들은 가고 없고
내일도 비가 내릴 것 같은데
내일 걱정은 내일 하기로 하자
어차피 인생은 공수래공수거이고
한 번 오면 반드시 돌아가는 게
순리가 아닌가

영혼을 위한 기도

한낮 더위를 식히기 위해
양계장에 강한 선풍기를 틀어도
아직도 불기가 샅샅이 훑고 다녀
케이지 철장 속의 닭들은
식욕을 잃고 물만 찾는다

주인은 어제 마신 빈 맥주병에
수돗물을 넣어 마시다가
의자에 앉은 채 오수(午睡)에 빠져 있어도
"주여, 저의 영혼을 긍휼히 여기옵소서"
열망으로 가득 찬 잠꼬대 통성기도를
열심히 한다

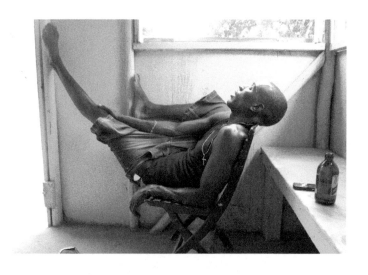

삶터

이곳에
멀리서 떠내려온 고무 튜브에다
살림집 차립시다

가진 것 없어도
아침이면 물안개 피고
낮이면 뭉게구름 펼쳐지는 날에는
먹거리를 착실히 준비하고
바람 불고 비 오는 날과
별이 쏟아지는 밤에도
시를 쓸 수 있는 이곳에
우리의 삶터로 정해
건강한 몸과
튼튼한 두 날개가 있어
도란도란 새끼 낳고
한세상 좋은 추억을 만들어
행복을 만들어 봅시다

일광욕

오늘 하루
도시의 병든 빌딩들과
형이하학 욕망에서 벗어난 자유를 찾는다

산은 나를 부르고
나는 산을 찾아
햇빛 일렁이는 나뭇가지에 옷을 벗어 건다

참새 직박구리 소리
내 정신의 뼛속을 쪼고
심장은 고요 속에 홀로 동요한다

맨몸은 뜀틀 위로
장구 소리와 함께
씻김굿 개구리 되어 하늘로 뛴다

거미

모두 오시라

건강치 않은 자, 돈이 없는 자, 잠 못 이루는 자
사랑에 실연한 자, 살기 싫은 자, 살인을 즐기는 자
어디서 떠나 언제 이곳에 도착할진 모르나
이 넓고 나뭇잎 수런거림이 있는 나의 주소지로 다 찾아오시라

여긴 아침 해와 저녁노을이 아름다운 숲속에 있고
높은 천장에 샹들리에가 매달려 있는 넓은 홀
푹신한 망사 그물 침실은 꽃향기가 자지러지는 소리를 내고
운명성의 베틀에서 무한정 쏟아내는 영원의 사물애(死物愛)엔
베짱이도 노래하며 가랑잎 미물로 환생하려는 삼라만상이외다

한 번뿐인 삶을 환난 중 독니 세례와 생피딱지 혈관에
독샘을 주입해 생의 극점을 노려 요동치는 사이
비단실 장례복을 입혀 편안히 잠들게 해주고
이곳에서 죽어간 이들 모두 성인이 되게 하려고
내가 먹어 치우는 음식량 십 분의 일은 가상하게 여겨
땅바닥에 자애롭게 던져 놓으매
나도 육신의 허물에서 벗어나기 위해 사랑놀이한 후
영혼의 나비가 되어 불의 천국에 불려 갈 것이외다

회한

자주 찾아오는 이 느낌은 나를 삭제하는 연습을 하게 만듭니다

과부하에 걸린 사람처럼
붉게 타는 석양을 바라보며 계속 피식 웃기만 해 억장이 무너집
니다

멀리서 울리는 종소리가 환청이 되어 나를 때립니다
지워진 기억들이 자꾸 밤으로 몰아갑니다

어떤 표정은
다시 기록할 수 없어 사유 없는
밤이 나를 몰아냅니다

*한사협 사진 갤러리(2008. 12. 31)

조화

오후 늦게
*피어 해변 북쪽 모래사장을
맨발로 걸어 올라간다

강물과 바닷물이 만나는 곳에선
바닷가는 하얀 거품이 파도에 밀려오고
강기슭은 물안개가 자욱이 피어오른다
바다는 강기슭을 핥고
강기슭은 강물을 품었다가
유연히 바다로 흘려보낸다
확연히 다르면서 함께 어우러지는
풍경을 한눈에 바라다본다

해가 떨어지자
피어에 있는 대관람차의 불빛은
화려하게 원형으로 춤추고
낮게 낀 구름 아래의 파도는
차 르 르 차 르 르
내 두 발목을 가볍게 스치며 올랐다가
모래를 섞어 발등을 부드럽게 감싸주며
돌아간다

이 모든 게
자연과 인간의 아름다운 조화가 아닐까

*산타모니카 피어(Santa Monica Pear)

미생(未生)

멀리서 바라보는 밤거리엔
오가는 차들이 긴 줄을 잇고
피어(PIER) 위 놀이터의 불빛은
화려하기만 하나
그곳에서 일하는 종업원은
퇴근 시간이 지났는데도
일이 많으면 힘들어지고
손님이 없으면 백수될까
눈치 보여 불안해하며
퇴직금과 미래도 없는
외줄타기 직장생활로
삶의 무게를 버거워한다
가끔
동료와 술 한잔하면서
허세를 부리기도 하고
가족 이야기와 여행 이야기로
울고 떠드는 일과가
*미생(未生)들의 삶이다

> *未生은 생사를 모르는
> 바둑돌을 뜻하는 용어

제7부

개구리 떼울음

아들과 손자

카필라카스투의 살색 벽을 강제로 열고 아들을 끄집어낸다
42년 전 예수가 베들레헴에서 탄생한 날, 서울의 구유 같은 작
은 병원 수술실에서 배꼽줄을 끊어버린 후 몽고반점을 톡 건드
리자 앙~하고 울며 오줌을 싸 갈긴다
이날부터
가, 나, 다, 라, 마, 사… 아, 야, 어, 여, 오, 요… 해독할 수 있
도록
불가해한 언어의 암호를 하나씩, 해바라기 햇빛과 청자 항아리
달빛에 대한
수만 가지 해독법을 체득하게 반복시키며 화려한 인생의 수채
화를 그리는 날을 위해
그 언어마저 이 세상에서 꽃 필 수 있는 그런 갖가지 오묘한 빛
깔을 가슴 속에 침잠시켜 주려 했다
다시
13년 전 어느 추운 겨울날이다
살색 벽의 새끼는 새로운 초록 벽을 통해 드보르자크의 신세계
교향곡을 들으며, 엉덩이에 몽고반점 파스를 붙인 채 살색 벽의
후예답게 손자는 앙~ 하고 울어 댄다
무엇이 신기한지 입을 크게 벌리고
창문 옆에 붙어 있는 성조기의 별을 바라다본다

생(生)은 마차가 출발하는 곳
둥근 밭 옥수수 열매가 풍성한 장소
여기서부터 시작하는 거고 고향도 바로 여기가 되는 거야

보솜이

집사람이 직장생활을 은퇴하고 미국 오면서 딸아이가 공부하는 방에 흰색 푸들 보솜이 한 마리를 두고 왔다. 미국에는 다솜이, 한국에는 보솜이, 각각 따로 생활하며 가끔 한국에 나가 보면 이놈은 장모님의 말은 안 듣고 잠자는 딸아이 옆을 옹고집으로 지키고 있다. 시내 구경을 한 번도 못한 이놈은 내가 외출 준비를 하면 밖에 같이 나가려고 깽깽댄다. 하루는 밖에 나가려니 내 앞에서 뺑뺑 돌고 있다. 나의 점퍼에 집어넣어 머리만 빠져나오게 하고 지하철과 버스를 타고 반나절을 함께 다닌다. 주변이 신기한 듯 한참 쳐다보다가 가끔 나를 쳐다보며 잠버릇 같은 장난기로 연신 꼬리를 달랑댄다. 경험하지 못한, 도심의 허물과 모순의 소리에 어리광뿐인 병아리가 어미닭에게 안기듯 나의 배에 바짝 붙어 긴장을 삼키는 오후 한때다.

내 그림자

비 내리는 밤
네온사인 간판이
아스팔트 위에 내려앉아
추적추적 비치고
그 위를 걷는 내 그림자
오늘은
앞서서 길게 걷고 있네
달빛 없어도
아련한 내 청춘의 그림자
빗물에 일렁이며 영상화되고
발걸음 멈춰 들여다보려 하나
뒤따르는 시린 발자국
비를 피하려는 듯
먼저 길을 안내하고 있네

펜사콜라 해변에서

흰색 고운 바닷가
긴 백사장 위로 하얀 포구를
밀어 넣고
쉬어갈 수 있으면 좋겠다

찰싸닥 철썩 소리 내며 갈라지는
빛바랜 그리움
길게 뻗은 물이랑에서
조약돌과 조가비가 노래하며
사랑이 있어 좋아라

햇볕 넓게 퍼지는 이곳에
세파에 찌든 오장육부를 열어놓고
묘망한 바다에서 떠밀려 오는
아련한 추억 풀어헤치며
내 두 귀는 소라 껍데기가 된다

바람 머문 그 자리
순백의 모래밭에는
외손자와 외손녀가
조롱조롱 뜀박질하며
제자리 돌고 돌아 모래를 토닥이며
붉은빛 그리움을
하늘 향해 만들어 간다

71세가 시작되는 첫날

액션!

실내 전등이 켜지고 모차르트 피아노 협주곡 21번 2악장이 흐
릅니다

거울 앞에 선 나는
얼굴을 보며
내 나이 71세가 되는
첫날을 시작합니다

나는 늘 하는 버릇대로
유튜브 국내 정치 뉴스를 보다가 "뚱딴지 같은 정치"라고 내뱉
고는 꺼버립니다
매일 먹는 한 주먹의 약을 입에 털어넣고
벽에 붙여놓은 임종정념(臨終正念)이라는 사자성어를 힐끗 쳐
다보며 물을 마십니다

어제는 내 생일이고 오늘은 정월 대보름날이라
삼색나물(도라지, 취나물, 고구마 줄기)를 마켓에서 산 것을 냉
장고에 넣습니다
오늘 아침 식사는
잡곡밥에 삼색나물과 잣, 호두, 땅콩류를 넣고 고추장에 국내
산 참기름 한 방울 넣어

작업실 부엌에 서서 혼자 비벼 먹고 병원으로 갑니다

가끔 MRI & MRA 사진을 촬영키 위해 기구에 누워 자동 컨베이어 벨트를 타고
방사능 촬영실로 몇 번 들어갑니다
촬영 기사는 촬영 중 몸을 움직이지 말라고 경고하며 눈은 떠도 된답니다
두 귀에 귀마개가 덮였지만 딱딱 치는 소리가 시끄럽게 울립니다
차라리 눈을 감습니다
그때마다 나는 자신의 시신이 들어 있는 관(棺)을 불 속에 태우려 들어가는 간접 경험을 합니다 나의 손바닥에서 빠져나가는 운명은 어떤 방법으로도 막을 수 없다는 것을 느낍니다
이 모든 안팎의 변증(變症)을 숨죽이고 있을 뿐, 네 안의 모든 기능은 바짝 오므라들어
40여 분 동안 포기하고 있을 뿐입니다
내가 붙들고 있는 희망은 집착과 허구를 바라보는 무지개일 뿐,
불현듯 내 어릴 때 절 부근 빗물이 인근 마을로 빠져나가는 좁은 개구멍 같은 통로에 기어 들어가 다른 통로로 빠져나왔던 기억이 클로즈업됩니다

베토벤 5번 운명이 터져 나옵니다

오늘은
뚜껑 닫힌 흰 허공을 휘젓고 급히 빠져나오기 위해 손에 들고
있던 비상 버튼을 누릅니다
MRI 박스가 밖으로 튀어나옵니다
긴장한 얼굴이 살아나고 코끝을 자극하는 소독약 크레졸 냄새
에서 해방됩니다
가슴 속에서 다시 살아났다는 환희의 맥박이 뜁니다
딩 딩 딩
놋쇠 징이 내 머릴 치받고 갇혔던 검은 영혼의 띠가 벗겨지는
느낌입니다
나이가 들수록 맑은 마음 순수한 설렘을 찬미하게 됩니다

커피 머신에 물 넣고 필터에 가루 커피 넣어 내려 마시며
자작시(詩) 소재로 사용할 한 장의 흑백 사진을 꺼내 듭니다

긴 터널을 다시 뛰기 시작합니다

컷!

감독: 아버지
제작: 어머니
주인공: 나
내면 음악: 무의식
협찬: 모차르트, 베토벤

페이드가 들어간 마지막 씬(scene) 뒤로
크레딧을 넣습니다

낙엽

촉촉하게 비 내린
이끼 낀 건널목을 건너
낙엽 뒹구는
양지바른 산길에 코를 박고
가을의 냄새를 맡는다
낙엽의 냄새를 맡는다
고독의 냄새를 맡는다

아슴푸레하게 젊은 날
높은 산허리 텐트 안에서
깡소주를 마시다가
맨발로 밖으로 나와
떨어지는 낙엽을 바라보면서
이게 누구의 얼굴들인가

나처럼 밤새워
마신 술을 삭히지 못해
얼굴이 붉고 노랗도록
갈증의 얼굴이 되었다며
떠들어 댔다

가을밤
둥근달이 서럽도록

한 잎 두 잎
낙엽은
쌓여만 간다

내 어린 날

내가 어렸을 때
크레용으로 그림을 그리며
이다음에 크면 화가가 된다고 했습니다

내가 어렸을 때
바닷가에서 잡은 고동을
연탄불에 끓여 머리핀으로 끄집어내
엄마 입에 넣어 드리며
이다음에 크면 큰 배로 오대양을 항해하는
멋진 선장이 된다고 수정했습니다

이제 나는
삶이란 공간에서 질주하다 멈춘다는 것을 아는
노인이 되었습니다

그러나 가끔 어린아이들의 표정을 보면
무지개처럼 아름다웠던 내 어린 날을 생각하며
다시 돌아가고 싶다는 허망한 생각을 합니다

코티 분통

LA 강둑을 거닐다가 빗물을 모아 강으로 보내는 수문 옆을 지날 때 눈에 익은 코티 분통이 띄었다 누가 이곳에 상처 없는 깨끗한 빈 통을 놓고 갔을까? 순간 어머니가 오랫동안 간직하셨던 이 코티 분통과 어릴 때 북을 등에 메고 동네 골목을 다니며 장사하던 동동구루무 장수가 떠올랐다 어머니는 모임이 있을 땐 먼저 동동구루무를 바른 후 이 코티 분통 안에 들어 있는 분첩에 파우더를 묻혀 얼굴 뺨에 톡톡 튀기면 얼굴이 새뽀얗게 변해가는 모습을 쳐다보곤 했다 신기했다 어머니는 와이셔츠 상자에 가족사진들을 넣어 두셨는데 이 코티 분 빈 통도 함께 들어 있었다 뚜껑을 열어보면 그 속엔 향긋한 향 코티 에어스펀 파우더향이 배어 있고 가족 증명사진, 학교 배지, 명찰이 들어 있었다

철없던 시절이 훌쩍 지난 지금이면 어머님께 몇십 통의 코티 분을 사 드렸을 것인데, 세월은 기다려 주지 않고 대문을 활짝 열어 놓고 떠나버린다

오늘 나는, 육신의 허물에서 벗어나 영혼의 코티 분통이 되어 어머니와 함께 미혹 없는 삶을 함께한다 그리곤 어릴 때 즐겨 먹던 마른 멸치와 고추장, 간장 종지에 간장과 참기름 몇 방울 넣고 추억을 꾹꾹 담은 쌀밥을 김에 싸 먹는다

발자국(2)

밤이 되면 수많은 별들이 모이고
옷깃만 스쳐도 인연이라는데
연적처럼 많은 신발 자국 위를
밟고 걷다 보니
내 거친 삶도 조각마다
기운 헛된 것들뿐
지금은 안개비로 흐릿하게 아른대고
나는
인적 없는 산길을 걸으며
가까이 보이는 도심의 테 두른
반원의 먼짓길을 걷는다
발자국마다 타박타박 묻혀오는
시간과 바람이 일으킨 회오리바람은
맑게 헹구어지지 않고
나의 영혼에 팔매질한다

멍멍이

몇 달 전
잊고 지냈던 멍멍이가
생뚱맞게 술에 취해
밤늦게 전화했다

"아드님 많이 컸어요?
요즘은 오줌을
잘 가리나요?
늘 보고 싶었어요!"라고

아주 오래전 집 앞에서
잃어버린 멍멍이를
사진첩에만 넣어두고
서서히 잊어 갔다

그랬던 멍멍이가
요즈음 사진첩에서
득달같이 뛰쳐나와
안부를 묻는다

어제는
지금 밖에 단풍잎이
예쁘게 피었으니
단풍 사냥하자고 조른다

일출

수평선 너머로 찾아오는
아침 햇살은
아직 잠이 덜 깬 갈매기의
졸음을 들으며
하늘과 바다를 깨운다

하늘은 시나브로 삼원색으로
구름을 붙잡아 매고
고흐가 환생한 듯
약동하는 선홍빛 고뇌로 캔버스에
굵고 거칠게 바다를 색칠하고 있다

나는 여객선 선미에 기댄 채
검은 실루엣을 만들어 내며
탁 트인 황금색 바다에
두 발을 담그고
머리를 씻는다

개구리 떼울음

밤이 찾아오고 소낙비구름이 몰리며 장대비에 번개까지 내리치자
지름길을 택하기로 했어

논과 논 사이로 쭉 뻗은 일자형 콘크리트 제방길을 장대비를 뚫
고 달리는데
얼마 가지 않아 제방길 위에 많은 개구리가 보이기 시작했어
차를 멈추고 클랙슨을 울려도 개구리는 겁 없이 헤드라이트 앞
으로
거품을 물고 떼로 모여들어 제방길을 점령하기 시작했어

겁이 덜컹 났어

차를 유턴할 정도의 넓은 폭도 아니고 차에서 내려
장대비를 맞으며 사방을 확인해도 차를 돌리기에는 너무 많이
달려왔어

이곳에서 새벽녘을 맞을 수 없어 한참 망설이다가
"쿠오바디스 도미네!"를 부르짖으며 독기를 품고
목적지로 향해 개구리 떼 위를 엄청 빠른 속력으로 달렸어

제방길을 벗어날 무렵 차를 세우고 뒤돌아보니
문둥이 시인 한하운의 개구리 울음, 가갸 거겨 고교 구규… 라
랴 러려 로료 루류…가
내 귀에는 떼울음으로 개~굴~개~굴대고 있었어

은행잎 사진

고등학교 까까머리 시절
동네의 제일 큰 사진관에서
그 당시 유행하던 은행잎 모양에
겨울용 교복 입고 폼나게 찍었다

살아생전 어머니의 노리개인
사진 상자에 50년 넘게 있었던
둘째 아들의 상반신 흑백 사진이
노르칙칙하게 변색되어 버린
묵은 은행잎 사진을
미국에 가져왔다

어느덧
인근 공원 잔디 위로
낙엽 날리고
가을비까지 흩뿌리니
삶의 옹이 단단히 박혀
때 묻은 흔적이 남아 있는
내 얼굴 앞으로
은행잎 한 장 팔랑거리며
토닥토닥 빗방울을 받아 낸다

은행잎 모양에 박혀 있는
열일곱 살 옛 시절
내 얼굴이 그리워진다

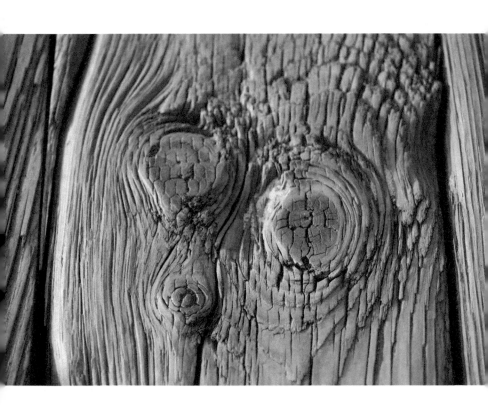

얼레빗

한사리 따라
교대(橋臺) 난간에 묶여
잠만 자던 보트는
목이 말랐는지
기지개 켜며
삐거덕대고 있다

목화꽃 익어
하얗게 찾아온 보름달은
수평선 너머에서
파도를 끌어당기며
허깨비 같은 내 그림자를
길게 만들어 낸다

낯선 땅을 선택함에
내 삶의 절반은 길 찾기로
흩어 놓은 지도만
쓰레기처럼 쌓여
바위처럼 뭉쳐 있다

더덕더덕 붙어
옹이처럼 뭉쳐진 한(恨)은
세월의 얼레빗 되어

내 마음을 훑을는지
헝클어진 머리칼 사이로
쏴 하고 소리 내며
밀려왔다 밀려간다

얼굴

쉽게 지나가는 찬바람을 견딜 수 있나요

낯선 곳만 찾던
한 시절의 나
그 치기와 방랑 미워 않을 수 있나요

희미해지는 얼굴
입술 타는 목마름
가슴에 고이는 붉은 허기

일생을 지켜야 할 귀중한 사람을 위해
가끔 울다 삭제하는 연습도 해야 하나요

햇살

한낮의 강한 햇살은
바람조차 타올라
상기되었던 하루를
구름 위에 조심스레 얹고는
붉게 물든 하늘에다
오선지를 쭉쭉 긋고
바이올린을 켠다

내게 다가오는
고운 빛의 선율은
젊음이 머물렀던
그리움으로 꿈틀대고
실없이 툭툭 터져 나오는
까닭 모를 웃자란 추억들로
조용하게 감상하기에는
벅차기만 하다

내일 아침은
즐겨 찾는 숲에 가자
그곳에는 그윽한 향기와
조각난 햇살의 빛내림이 있고
침묵을 깨우는
산새들의 노랫소리도 있어

멀리 두고 온 고운 님을 위해
토셀리의 세레나데를
부르리라

한밤 내내 오므렸다
아침 이슬에 활짝 피는
나팔꽃 같은
회상의 자유를 느끼기 위해

시와 영상, 멀티 언어 예술의 美學
- 강정실 사진시집 『개썰매』의 세계

기 청(시인, 문예비평가)

詩가 사진을 찍고 사진이 詩를 쓰다

　사진시는 멀티미디어 시대의 새로운 화두(話頭)로 떠올랐다. 문학과 영상의 절묘한 만남, 이는 분명 새로운 문화 향유 방식이다. 문학 측면에서 보면 영역의 확장이다. 문학과 영상 예술의 상호 보완적 결합으로 감성과 의미 전달을 극대화하는 방식이다. 영상과 언어 예술인 시를 하나의 텍스트로 융합(融合)한 멀티 언어 예술인 것이다.

　사진시는 독일의 시인이자 극작가 베르톨트 브레히트(Bertolt Brecht)에 의해서 본격 시도되었다. 20세기 중반 그의 사진시집 『전쟁교본』(1955년 초판)에서 그 진수를 보여주었다. 그는 제2차 세계대전 중 신문 잡지에서 오려 모은 사진에 4행시를 덧붙인 것으로 총 93편의 사진시를 실었다. 이 책은 전쟁의 비극과 참상을 생생하게 전해준 진실의 증언이 되어 출판되자마자 큰 반향을 불러일으켰다. 영상과 언어가 서로 시너지 효과를 낸 덕분이다. 그 후 디지털카메라가 보편화하면서 사진시는 점차 독자 영역으로 인정받기 시작한 것이다.

이번에 문학평론가이자 사진작가인 강정실(한국문인협회미주지회 회장) 씨가 사진시집을 발간해 관심을 끌고 있다. 강 작가는 한국사진작가협회 산타모니카 지부장과 고문으로 활동하면서 사진 강좌를 열기도 했다.

강 작가는 이미 사진 기행 수필집 『렌즈를 통해 본 디지털 노마드』를 출간하기도 한 멀티 예술의 중견이다. 사진작가에 의해 문학인의 손으로 본격적인 시를 입히는 작업은 미주 지역에서 처음 있는 일이다. 이번에 발간되는 사진시집이 보태지면 더욱 확장된, 언어 예술의 진수(眞髓)를 보여주는 계기가 될 것으로 기대를 모으고 있다.

사진시는 비교적 간략한 아포리즘(aphorism) 형식과 시의 독자성을 살린 완성시 형식으로 구분된다. 전자는 사진에다 감상과 체험적 진리를 간결하고 압축된 형식으로 결합한 것이다. 이에 비해 후자의 경우 사진은 시의 상상력을 북돋우는 원천이 되고 기폭제가 된다. 전문 사진작가이면서 시적 안목을 가진 경우 그야말로 금상첨화, 사진과 시의 결합은 보다 상승적으로 작용하게 될 것이다.

또한, 이 경우 시가 먼저냐 사진이 먼저냐 하는 것은 그리 중요치 않다. 평소에 맴돌던 시적 이미지를 어느 순간 마주친 현상에서 찍을 수도 있고 무심히 찍어둔 사진에서 새로운 시적 발상을 가져올 수도 있기 때문이다. 그야말로 '시가 사진을 찍고', '사진이 시를 쓰는' 절묘한 작업을 통해 하나의 멀티 예술을 완성시킬 것이다.

이런 기본 전제를 상기하면서 강 작가의 카메라 앵글을 따라 가보기로 한다.

현상에서 찍은 詩의 정서

만나야 하는데
만날 수 없는
한 사람 내게 있으니
가슴 아린 그리움
머리에 이고
솔방울 함께 줍던
산사(山寺)를 걷는다
                 -〈그리움1〉 전문

구정물 속에서도
순결한 자태
푸른 자락 연대 사이
피어난 봉오리 둘

곱게 정좌한
한 폭의 풍경화
마음까지 겸손해지는
자비로운 미소

온화한 침묵
곧 개화할 설법상에
오욕이 옮겨질까
얼른 발길 돌린다
    -〈연꽃〉 전문

 시 〈그리움1〉은 현상을 찍었지만, 회상 속 추상(정서)을 내포하
고 있다. 반쯤 열린 대웅전 창문에 기대어 상념에 젖은 출가한 스
님의 사진, 열린 창문은 속세를 회상하는 통로를 상징한다. 시적
상상력과 결합하여 만남과 이별, 숙명의 모티브가 시를 쓰는 것이
다. 비교적 짧은 형식의 운문이지만 아포리즘을 넘어선 완성시의
형식이다.
 과거의 회상을 통해 잃어버린 순수를 반추하는 것이다. 그리움
의 대상은 하나의 인물일 수도, 추구하던 가치일 수도 있다. 삶에
서 추구하는 것은 다양하지만, 그것의 총체는 욕망이란 허상일지
모른다.

 지나온 모든 것은 그리움일 수 있다. 동시에 그것은 이룰 수 없
는 것에 대한 무상일 수도 있다. 현실의 갖가지 고뇌 속에서 지난
날의 '순수'를 회복하고자 하는 열망이 담겨 있는 것이다. 그런가
하면 뒤의 시 〈연꽃〉은 보다 정화된 세계의 동경이 드러난다. 때
묻은 현실을 상징하는 '구정물', '오욕'의 대비로 '순결', '자비'가 있
다.
 뒤의 시 '연꽃'은 불교적 정화와 깨달음의 상징이다. 비록 오염된

진흙 속에 뿌리를 내리고 있지만, 본성은 누구나 완성된 순수를 지향한다는 것이다.

두 작품 모두 현상을 찍었지만 '순수와 정화'라는 내면의 본질에 대한 추구를 보여주는 작품이다.

이곳에 오면
산타모니카 바닷가 모래사장에서
엄마 품에 안겨
바다를 바라보는 다른 모녀의 모습도
사랑보다 진한 나의 추억들이
내 심장에 머물러 앉아
파도는
채워지지 않는 부모님의 빈자리에
흔적이 되어 흐르는 세월에도
마법같이 녹지 않고
기억의 파편들이 흔들어 댄다
－〈이곳에 오면〉 마지막 연에서

해맑은 햇살 가득 드리운 날

성못길 입구에 서 있는 당신을 보며 무척 놀랍니다 포악스레 겨울을 견뎌낸 가지에 잎이 피기 전 제 몸에 핀 꽃을 아무렇지도 않게 뜯어버려서요 그래도 당신은 따뜻한 새봄맞이 길 위를 가득 덮어주고 있네요 4월의 애잔한 바람에도

여기저길 부딪히고 파르르 온몸을 흔들고 있네요 이별이
싫다며 서러움을 노래하는 당신의 모습이 아름다워요 흙
발로 저벅저벅 걸어온 전생에서부터 못다 푼 그리움입니다
살아오고
살아가다
사라지고,
또 누군가 아련한 연분홍 이 길을 걷겠지요 인생은 꽃피듯
만나 꽃 지듯이 헤어집니다
　　　　　　　　　　　　　　　　　　　　-〈벚꽃잎〉 전문

　앞의 시 〈이곳에 오면〉은 오버랩 기법으로 어머니에 대한 그리
움을 노래한 사모곡, '지금 여기'라는 현재의 장면에 '과거 회상'의
장면을 겹친 것이다. 현재는 '산타모니카' 해변이지만 회상은 '광안
리' 해변을 떠올린다. 작가는 먼 이국에 새 둥지를 틀었다. 하지만
고향과 노모에 대한 사무침은 '채워지지 않는 부모님의 빈자리'처
럼 역력하다.
　뒤의 시 〈벚꽃잎〉은 '벚꽃의 낙화'라는 자연 현상을 통해 사라
짐의 무상(無常), 윤회의 섭리에 대한 각성(覺性)이 드러난다. 여성
적 어조에 경어체가 따뜻하고 자비로운 자연의 본성을 느끼게 한
다.
　'흙발로 저벅저벅 걸어온 전생'에서부터 '못다 푼 그리움'에서 만
남과 이별이란 숙명의 인연법을 깨우친다. '인생은 꽃피듯 만나 꽃
지듯이' 헤어지는 덧없는 존재임을 자각한다. 두 시 모두 이별의
무상과 그리움의 정서가 묻어난다.

삶 또는 생생한 현장성

액션! //
실내 전등이 켜지고 모차르트 피아노 협주곡 21번 2악장
이 흐릅니다 //
거울 앞에 선 나는 / 얼굴을 보며 /
내 나이 71세가 되는 / 첫날을 시작합니다 //
나는 늘 하는 비릇대로 / 유튜브 국내 정치 뉴스의 자막을
보다가 "똥딴지 같은 정치"라고 내뱉고는 꺼버립니다 / 매
일 먹는 한 주먹의 약을 입에 털어넣고 / 벽에 붙여놓은 임
종정념(臨終正念)이라는 사자성어를 힐끗 쳐다보며 물을
마십니다 //
(…중략…)
그때마다 나는, 자신의 시신이 들어 있는 관(棺)을 불 속
에 태우려 들어가는 간접 경험을 합니다 나의 손바닥에서
빠져나가는 운명은 어떤 방법으로도 막을 수 없다는 것을
느낍니다 이 모든 안팎의 변증(變症)을 숨죽이고 있을 뿐,
네 안의 모든 기능은 바짝 오므라들어 40여 분 동안 포기
하고 있을 뿐입니다
내가 붙들고 있는 희망은 집착과 허구를 바라보는 무지개
일 뿐,
불현듯 내 어릴 때 절 부근 빗물이 인근 마을로 빠져나가
는 좁은 개구멍 같은 통로에 기어 들어가 다른 통로로 빠
져나왔던 기억이 클로즈업됩니다 (…하략…)
　　　　　　　　　　　－〈71세가 시작되는 첫날〉에서

극적인 기법이 극시를 읽는 듯 생생한 현장감에 긴장을 고조시킨다. 시적 화자는 삶의 위기에서 자신의 삶을 성찰한다. 생전 처음 MRI 촬영을 하면서 느끼는 충격과 절망을 어린 시절의 '개구멍' 체험으로 환치(還置)하면서 극복하려는 것이다. 빠른 전개와 효과음, 줌업, 그리고 회상과 현실의 오버랩 등 다양한 극적 기법으로 긴장과 이완의 리듬이 적절히 조절되고 있다.

이 작품의 중심을 관통하는 것은 '임종정념(臨終正念)'이다. 어떤 위기에서도 마지막까지 '바른 생각'을 유지하려는 것은 일체유심조(一切唯心造)의 진리와 상통한다. 지금 붙들고 있는 '희망'(무상한 것)이야말로 '집착과 허구'에 지나지 않는 '무지개'(허상)라는 깨달음을 통해 다시 안정과 일상을 회복한다.

푸르던 시절을 보는 듯 처음 디지털카메라를 만질 때다. 분홍색 산타모니카 3가 밤거리를 출사했던 어느 봄날, 사진 촬영하기에 이른 시간이라 식당 테라스에 앉아 오가는 손님을 구경하며 식사 대신 맥주 몇 잔을 마신다 서서히 밤은 익어가고 가로등에 달린 두 개의 꽃 화분을 보는데, 뒤편 벽에 걸린 시계가 또렷이 나타난다 카메라 뷰바인드를 통해 시계에다 조리개를 조여도 꽃잎이 흐려, 뒷걸음질해 쇼윈도에 붙어서 꽃잎에 초점을 맞추는데도 보케가 나타난다

어라, 좀 전 마신 맥주에 취했나?

카메라 바디에는 85mm 대구경 단초점 렌즈가 꽂혀 있다

구김살 없이 밤거리를 즐기는 표정들을 촬영하기로 했고,
폭과 화각을 넓혀주는 초광각 렌즈가 내겐 없다 그렇다고
포토샵에서 만들어 내는 인위적인 Focus Stacking은 싫
고 그날 그 순간의 기억과 감정을 그대로 남겨 두는 인포
커스를 선택한다 대신 밤거리 왕관 쓴 가로등에 살짝 시든
꽃잎 위로 밤 8시 25분의 성령(性靈)이 깃들게 한다

                              −〈밤 8시 25분〉 중에서

  산문시 형식의 이 작품은 피사체와의 거리 조절에 초점을 맞
추고 있다. 작가의 의도를 부각하려는 치열한 작가 정신이 드러
난 작품, 생생한 현장감과 함께 작가 내면의 심리 변화를 섬세
하게 그린다. 원경의 시계와 근경의 꽃바구니를 대비시키면서 동
시에 시계의 시각에 초점을 맞춘다. 변하는 현실의 시간은 크로
노스(kronos) 개념의 무상이지만 변하지 않는 시간은 카이로스
(kairos)의 영원의 시간이다. 생멸하는 현상의 시간에서 불멸의 영
원성을 추구하는 것은 구도자의 구도 정신이다.
  예술을 추구하는 작가 정신도 이와 유사한 것이다. 이 작품의
'왕관 쓴 가로등'을 배경으로 '시든 꽃' 위의 희미한 시계를 '8시 25
분의 성령이 깃들게 했다'는 절묘한 표현은 이 시의 백미(白眉)다.
현상의 시간을 불멸의 시간으로 포착한 것이다.

뉴프런티어 혹은 유토피아

카필라카스투의 살색 벽을 강제로 열고 아들을 끄집어낸
다

42년 전 예수가 베들레헴에서 탄생한 날, 서울의 구유 같
은 작은 병원 수술실에서 배꼽줄을 끊어버린 후 몽고반점
을 톡 건드리자 앙~하고 울며 오줌을 싸 갈긴다
이날부터
가, 나, 다, 라, 마, 사… 아, 야, 어, 여, 오, 요… 해독할 수
있도록
불가해한 언어의 암호를 하나씩, 해바라기 햇빛과 청자 항
아리 달빛에 대한
수만 가지 해독법을 체득하게 반복시키며 화려한 인생의
수채화를 그리는 날을 위해
그 언어마저 이 세상에서 꽃 필 수 있는 그런 갖가지 오묘
한 빛깔을 가슴 속에 침잠시켜 주려 했다
(…중략…)
생(生)은 마차가 출발하는 곳, 둥근 밭 옥수수 열매가 풍
성한 장소
여기서부터 시작하는 거고
고향도 바로 여기가 되는 거야

                                        ─〈아들과 손자〉 중에서

바람 불고 비 오는 날과
별이 쏟아지는 밤에는
넓은 모래사장에 나가 시를 쓸 수 있는
이곳을 우리의 삶터로 정해
건강한 몸과 튼튼한 두 날개가 있어
도란도란 새끼 낳고

한세상 좋은 추억을 만들
이곳에 행복이 있을 거야

　위 두 작품에서 강 작가의 뉴프런티어(New Frontier) 정신, 혹
은 유토피아(utopia) 지향을 읽을 수 있다. 〈아들과 손자〉에서는
한 생명의 출생과 성장 과정을 산문시 형식으로 풀어간다. 무의식
에서 떠오르는 의식의 흐름에 따라 서술하는 심리적 실험적 방식
이다. 마지막 부분에 작가의 의도가 드러난다.
　"여기서부터 시작하는 거고 / 고향도 바로 여기가 되는 거야"
　개척 정신, 강한 의지의 표현이다. 강 작가가 이민을 결심한 것
도, 이민 생활의 온갖 역경을 극복한 것도 바로 이런 강인한 정신
의 결단으로 보인다. 그뿐만 아니라 자식과 후대에 전하는 체험적
메시지이기도 한 것이다.
　뒤의 시 〈삶터〉에서는 그가 지향하는 소박한 유토피아를 그렸
다. 그것은 자연 속에서 방해받지 않고 '시를 쓸 수 있는' 그런 안
식의 보금자리다. 그의 신세계는 오탁(汚濁)의 욕망을 넘어선 곳,
그런 자연 회귀, 혹은 물아일체의 지향인 것이다.

아침이 온통 눈부시다
며칠간 내린 눈발은
온 누리에 펼쳐져
세상은 제 모습 숨기고
초승달 그 빛마저 헤치지 못하게
알래스카 북반부의 겨울은

낮의 길이가 짧고 밤은 길기만 하다
그래도 술 먹고 길거리에서
동태가 되지 말라고
뾰쪽한 집 꼭대기가 드문드문 보인다

아침 공기가 냉동실 온도인데도 목구멍은 포도청이라 눈곱 닦으
며 잠자는 개들을 깨워 몇 군데에 배달은 한다마는, 마누라가 운
영하는 햄버거 가게에 가끔 사주팔자 지랄 같은 대여섯이 모여
죽치고 앉아 일곱 패 화투짝이 내 손아귀에 신명 나게 놀아날 화
투장을 생각한다 각각 실눈으로 상대방을 꼬나보며 수를 가늠하
지만, 국방색 담요 위로 던져지는 화투짝에 달러 지폐가 일장지
간(一場支干) 복병이 된다

순간,
돌아오던 길에 길잡이가 갑자기 낑낑대며
거친 숨소리 내며 절뚝인다
유리 조각을 밟았다 싶어
잠시 멈추고 길잡이의 다친 발에
가죽 양말을 신기고
눈 위에 회초리를 치며
힘찬 소리를 지른다

"빨리 집에 가자. 앞~으~로, 앞~으~로"
　　　　　　　　　　　－〈개썰매〉 전문

이 시는, 눈이 많이 오는 날의 원료 배달은 개썰매를 이용해 운반하는 일반적 생활상을 담은 작품이다. 이곳에서 생활하는 한국인 대부분은 중국요리점이나 햄버거 가게를 운영하고 있다. 술 판매가 금지된 알래스카에서 한국인들은 가끔 가게 한구석에 모여 긴긴 밤을 국방색 담요 위에서 화투짝을 갖고 놀이하는 모습을 사실적이면서도 정겹게 표현하고 있다.

평균 섭씨 −50도의 강추위의 북극과 남극을 우리 인간은 미지의 세계에 대한 동경으로 끊임없이 도전해 왔다. 19세기 말까지 세계 지도의 빈곤은 이곳 남극과 북극뿐이었다.

알래스카 '위로'에서 '놈'까지 9일간 장장 1,600km의 먼 길을 달리는 '아이디라 로드' 개썰매를 볼 수 있다. 보통 18마리의 개를 사용하며 사람은 카리브라는 사슴 가죽을 덮어쓰고 얼굴에 닥치는 바람을 막기 위해 고글이나 두꺼운 일반 마스크를 사용하여 설원을 질주한다. 험난한 곳을 달리다 보니 많은 개와 사람이 다치게 되는데, 완주 라인을 보게 되면 사망한 개들의 빈자리가 쉽게 눈에 띈다. 또한, 한밤중에 개들과 빙하를 달리다 보면 간혹 오로라를 볼 수 있는 행운도 얻을 수 있다고 한다.

사진시에서 중요한 것은 서로의 특성을 존중하면서 독자성을 가지는 것이다. 마치 부부처럼 둘이면서 하나가 되는 융합(融合)의 미학이다. 서로에게 누를 끼치지 않고 시너지 효과를 거둘 수 있는 협동의 묘수(妙手)를 찾는 것이 관건이다.

이 사진시집에서도 그러한 노력과 정신이 역력히 드러난다. '시가 사진을 찍고', '사진이 시를 쓰는' 그런 조화와 균형의 매력은 이 시집을 읽는 독자에게 큰 감명을 주리라 믿는다. 더욱이 COVID

팬데믹으로 지친 현대인들에게 위로와 치유의 묘약(妙藥)이 되어
주길 바란다.

　강정실 작가는 사진시집『개썰매』출간으로 평론, 수필, 시를 포
괄하는 언어 예술에다 사진 영상을 결합시킨 멀티 예술가로서의
입지를 더욱 굳히게 되었다.

　그의 시도 날개를 달아 더욱 원숙의 경지로 나아가길 진심으로
기원하면서 이 글을 맺는다.